초등학생들에게 소설읽는 재미와 감동을 주는 한국대표소설 ①

초등학생들에게
소설읽는
재미와
감동을 주는
한국대표소설 ❶

개정판 1쇄 인쇄 2016년 9월 1일
개정판 2쇄 발행 2019년 4월 5일

글쓴이 나도향 외 5인
그린이 정선경

펴낸곳 도서출판 거인
발행인 박형준
책임편집 안성철
디자인 박윤선
마케팅 이희경 김경진
등록번호 제2002-000121호
주소 서울시 마포구 와우산로 48 로하스타워 803호
전화 02-715-6857 | 02-715-6858(팩스)

값은 표지에 있습니다.

초등학생들에게
소설읽는
재미와
감동을 주는
한국대표소설
①

글 나도향 외 5명 | 그림 정선경

거인

"독서의 수준을 조금씩 높여 보아요."

"제발 책 좀 읽어라! 책 많이 읽는 애들이 공부도 잘 한다더라."
엄마들이 잔소리삼아 쉽게 하는 말이지요.
그런데 책꽂이를 보니 빽빽하게 꽂혀 있는 것이 위인 전기나 세계 명
작 동화네요. 학교에서 숙제를 내 주니까, 또 독후감을 쓰려니 이런 종
류의 책을 찾을 수밖에 없겠지요.
그런데 위인 전기나 명작 동화를 봤더니 책도 얇고 내용도 그리 길지
않아 우선 읽기는 아주 쉽습니다. 하지만 책을 읽기는 하는데 별 감동
이 느껴지지 않는 경우가 많은 것은 왜일까요?
이런 책들은 대개 내용을 너무 많이 줄여 놓아서 원래 가지고 있던 문
학의 향기가 사라져 버린 때문이 아닐까 생각됩니다.
향기가 없고 감동이 별로 없는 책읽기는 아주 위험하답니다.
억지 책읽기는 자칫 책에 대한 흥미를 잃어 버리게 하는
결과를 가져오기도 하기 때문이죠.
그럴 땐, 단계를 점차 올려 주는 선행 독서를 시도해 보는 것도 좋은 방
법이 될 것입니다.
초등 학교 교실에 불어닥친 선행 학습 열풍에 많은 문제점이 드러나기
는 하지만, 그것은 수학이나 영어 등 교과 학습과 직접적인 관련이 있

는 과목들에 한한 것이지요. 너무 앞서 배웠기 때문에 정작 수업 시간에는 재미가 없어져 버리니까요.

그러나 선행 독서는 아무리 빨라도 해롭지 않은 권할 만한 것이랍니다. 독서에 대한 흥미를 북돋기 위해서라도 꼭 필요하고요. 대개 중학교 저학년부터 접하게 되는, 향기 넘치는 한국대표소설은 초등 학교 고학년 정도면 충분히 소화할 수 있다는 얘기지요.

위인 전기나 세계 명작 동화와는 또 다른 문학에 대한 감칠맛 나는 향기를 맛볼 수도 있고, 또 지금까지 느끼지 못했던 독서에 대한 경외감 같은 것을 느낄 수도 있을 것입니다.

따라서 초등 학교 고학년이라면 자신이 소화할 수 있고 재미를 붙일 수 있는 한국 대표 소설들을 접해 보라고 권하고 싶습니다.

비로소 독서에 대한 감동의 눈을 뜨기 시작할 테니까요. 자신의 수준보다 조금 앞선 책읽기, 무엇보다 한국대표소설을 통해 독서의 폭을 넓혀 간다면 한층 수준 높은 독서 습관을 기를 수 있을 것입니다.

엮은이 이기홍

| 나도향 |

벙어리 삼룡이

벙어리 삼룡이는?

1925년 나도향이 〈여명〉에 발표한 작품이다. 이 소설은 신분의 차이가 있음에도 불구하고
주인 아씨를 사랑하게 되는 삼룡이의 슬픈 사랑을 보여 주고 있다. 아씨를 밉게 보는 작은 주인은
삼룡이에 대한 아씨의 호의까지 트집을 잡고 삼룡이를 매질하여 쫓아낸다. 그 날 오생원 집에는
원인 모를 불이 난다. 삼룡이는 주인과 아씨를 구해 내려고 불길 속으로 뛰어든다.

나도향

나도향은 1902년 서울에서 태어났으며 본명은 '경손'이다. 1917년 배재학당을 나와
1919년에는 와세다 대학에 입학했으나 어려운 가정 형편으로 학업을 포기하였다.
1921년에는 현진건, 이상화 등과 함께 문예 동인지 〈백조〉를 창간했다. 1926년 요절했으며,
주요 작품으로는 〈물레방아〉, 〈꿈〉 등이 있다.

내가 열 살이 될락말락한 때니까 지금으로부터 십사오 년 전 일이다. 지금은 그 곳을 청엽정이라 부르지마는 그 때는 연화봉이라고 이름하였다. 즉 남대문에서 바로 내려다보면은 오정포가 놓여 있는 산등성이가 있으니, 그 산등성이 이쪽이 연화봉이요, 그 사이

에 있는 동네가 역시 연화봉이다.

　지금은 그 곳에 빈민굴이라고 할 수밖에 없는, 지저분한 촌락이 생기고 노동자들밖에 살지 않는 곳이 되어 버렸으나 그 때에는 자기네 딴은 행세한다는 사람들이 있었다. 집이라고는 십여 호밖에 있지 않았고 그 곳에 사는 사람들은 대개 과목밭*을 하거나 또는 채소를 심거나, 그렇지 아니하면 콩나물을 길러서 생활을 하였다.

　여기에 그 중 큰 과목밭을 갖고 그 중 여유 있는 생활을 하여 가는 사람이 하나 있었는데, 그의 이름은 잊어 버렸으나 동네 사람들이 부르기를 오생원이라고 불렀다. 얼굴이 동탕하고* 목소리가 마치 여름에 버드나무에 앉아서 길게 목늘여 우는 매미 소리같이 저르렁저르렁하였다.

　그는 몹시 부지런한 중년 늙은이로 아침이면 새벽 일찍이 일어나

*과목밭 : 과일 나무를 재배하는 곳, 과수원
*동탕하다 : 얼굴이 토실토실하다.

서 앞뒤로 뒷짐을 지고 돌아다니며 집안일을 보살피는데, 그 동네에서는 그가 마치 시계와 같아서 그가 일어나는 때가 동네 사람이 일어나는 때였다. 만일 그가 아침에 돌아다니며 잔소리를 하지 않으면, 동네 사람들이 이상히 여겨 그의 집으로 가 보면, 그는 반드시 몸이 불편하여 누워 있었다. 그러나 그와 같은 때는 일 년 삼백육십일에 한번 있기가 어려운 일이요, 이태*나 삼 년에 한번 있거나 말거나 하였다.

그가 이 곳으로 이사를 온 지는 얼마 되지 아니하나 그가 언제든지 감투를 쓰고 다니므로 동네 사람들은 그를 양반이라 불렀고, 또 그도 동네 사람에게 그리 인심을 잃지 않으려고 섣달이면 북어쾌나 김톳을 동네 사람에게 나눠 주며 농사 때에 쓰는 연장도 넉넉히 장만한 후 아무때나 동네 사람들이 쓰게 하므로, 그 동네에서는 가장 인심 후하고 존경을

*이태:이 년

받는 집인 동시에 세력있는 집이다.

그 집에는 삼룡이라는 벙어리 하인 하나가 있으니 키가 몹시 크지 못하여 땅딸보이고, 고개가 달라붙어 몸뚱이에 대강이*를 갖다 붙인 것 같다. 거기다가 얼굴이 몹시 얽고 입이 크다. 머리는 전에 새꼬랑지 같은 것을 주인의 명령으로 깎기는 깎았으나 불밤송이 모양으로 언제든지 푸하여 일어섰다. 그래서 걸어다니는 것을 보면, 마치 옴두꺼비가 서서 다니는 것같이 숨차 보이고 더디어 보인다.

동네 사람들이 부르기를 삼룡이라 부르는 법이 없고 언제든지 '벙어리' '벙어리' 라고 하든지 그렇지 않으면 '앵모' '앵모' 한다. 그렇지만 삼룡이는 그 소리를 알지 못한다. 그도 이 집 주인이 이사를 올 때에 데리고 왔으니 진실하고 충성스러우며 부지런하고 세차다. 눈치로만 지내가는 벙어리지마는 말하고 듣는 사람보다 슬기로운 적이 있고 평생 조심성이 있어서 결코 실수한 적이 없다.

아침에 일어나면 마당을 쓸고 소와 돼지의 여물을 먹이며 여름이면 밭에 풀을 뽑고 나무를 실어 들이고 장작을 패며, 겨울이면 눈을 쓸고 잔심부름과 진 일 마른 일 할 것 없이 못하는 일이 없다. 그럴수록 이 집 주인은 벙어리를 위해 주며 사랑한다. 혹시 몸이 불편한 기색이 있으면 쉬게 하고, 먹고싶어 하는 듯한 것은 먹이고, 입을 때 입히고 잘 때 재운다.

* 대강이 : 머리

그런데 이 집에는 삼대독자로 내려오는 그 집 아들이 있다. 나이는 열일곱 살이나 아직 열네 살도 되어 보이지 않고, 너무 귀엽게 기르기 때문에 누구에게든지 버릇이 없고 어리광을 부리며 사람에게나 짐승에게나 잔인포악한 짓을 많이 한다. 동네 사람들은,

"후레자식! 아비 속상하게 할 자식! 저런 자식은 없는 것만 못해!"
하고 욕들을 한다. 그래서 그의 어머니는 아들이 잘못할 때마다 영감을 보고,

"그 자식을 좀 때려 주구려. 왜 그런 것을 보고 가만 두?"
하고 자기가 대신 때려 주려고 나서면,

"아뇨. 아직 철이 없어 그렇지, 저도 지각이 나면 그렇지 않을 것이 아뇨." 하고 너그럽게 타이른다. 그러면 마누라는 왜가리처럼 소리를 지르며,

"철이 없긴 지금 나이가 몇이요, 낼 모레면 스무 살이 되는데, 또 며칠 아니면 장가를 들어서 자식까지 날 것이 그래 가지고 무엇을 한단 말이오."
하고 들이대며,

"자식은 꼭 아버지가 버려 놓았습니다. 자식 귀여운 것만 알았지 버릇 가르칠 줄은 모르니까……."
이렇게 싸움이 시작만 하려 하면 영감은 아무 말도 하지 않고 바

깥으로 나가 버린다.

그 아들은 더구나 벙어리를 사람으로 알지
도 않는다. 말 못 하는 벙어리라고 오고
가며 주먹으로 허구리*를 지르기도 하
고 발길로 엉덩이도 찬다. 그러면 그 벙
어리는 어린 것이 철없이 그러는 것이 도리
어 귀엽기도 하고 또는 그 힘없는 팔
과 힘없는 다리로 자기의 무쇠 같은 몸을 건
드리는 것이 우습기도 하고 앙증하기도
하여 돌아서서 방그레 웃으면서 툭툭 털고
다른 곳으로 몸을 피해 버린다.

어떤 때는 낮잠 자는 벙어리 입에다가 똥을 먹
인 때도 있었다. 또 어떤 때는 자는 벙어리의 두 팔과 두 다리를 살
며시 동여매고 손가락과 발가락 사이에 화승불*을 붙여 놓아 질겁
을 하고 일어나다가 발버둥질을 하고 죽으려는 사람처럼 괴로워하
는 것을 보고 기뻐하였다. 이러할 때마다 벙어리의 가슴에는 비분
한 마음이 꽉 들어찼다. 그러나 그는 주인의 아들을 원망하는 것보
다도 자기가 병신인 것을 원망하였으며 주인의 아들을 저주한다는
것보다도 이 세상을 저주하였다. 그러나 그는 결코 눈물을 흘리지

*화승불 : 화약심지에 붙이는 불
*허구리 : 허리

않았다. 그의 눈물은 나오려 할 때 아주 말라붙어 버린 샘물과 같이 나오려 하나 나오지 아니하였다.

그는 주인의 집을 버릴 줄 모르는 개 모양으로 자기가 있어야 할 곳은 여기밖에 없고 자기가 믿을 것도 여기 있는 사람들밖에 없을 줄 알았다. 여기서 살다가 여기서 죽는 것이 자기의 운명인 줄밖에 알지 못하였다. 자기의 주인아들이 때리고 지르고 꼬집어 뜯고 모든 방법으로 학대할지라도 그것이 자기에게 으레 있을 줄밖에 알지 못하였다. 아픈 것도 그 아픈 것이 으레 자기에게 돌아올 것이요, 쓰린 것도 자기가 받지 않아서는 안 될 것으로 알았다. 그는 이 마땅히 자기가 받아야 할 것을 어떻게 해야 면할까 하는 생각을 한 번도 하여 본 일이 없었다.

그가 이 집에서 떠나가려거나 또는 그의 생활 환경에서 벗어나려는 생각은 한 번도 해 보지 못하였다 할지라도 그는 언제든지 그 주인아들이 자기를 학대하고 또는 자기를 못 살게 굴 때, 그는 자기의 주먹과 또는 자기의 힘을 생각하여 보았다. 주인아들이 자기를 때릴 때 그는 주인아들 하나쯤은 넉넉히 제지할 힘이 있는 것을 알았다.

어떠한 때는 아픔과 쓰림이 자기의 몸으로 스미어들 때면 그의 주먹은 떨리면서 어린 주인의 몸을 치려 하다가는 그는 그것을 무서운 고통과 함께 꽉 참았다. 그는 속으로 '아니다. 그는 나의 주인의 아들이다. 그는 나의 어린 주인이다.' 하고 꾹 참았다. 그리고는 그것을 얼른 잊어 버리었다. 그러다가도 동네 아이들과 혹시 장난을 하다가 주인아들이 울고 들어올 때는 그는 황소같이 날뛰면서 주인을 위하여 싸웠다.

그래서 동네에서도 어린애들이나 장난꾼들이 벙어리를 무서워하여 감히 덤비지를 못하였다. 그리고 주인아들도 위급한 경우에는 언제든지 벙어리를 찾았다. 벙어리는 얻어맞으면서도 기어드는 충견 모양으로 주인의 아들을 위하여 싫어하지 않고 힘을 다하였다.

벙어리가 스물세 살이 될 때까지 그는 물론 이성과 접촉할 기회가 없었다. 동네 처녀들이 저를 '벙어리' '벙어리' 하며 괴상한 손짓과 몸짓으로 놀려먹음을 받을 적에 분하고 골나는 중에도 느긋한 즐거움을 느끼어 본 일은 있었으나, 그가 결코 사랑으로써 어떠한 여자를 대해 본 일은 없었다. 그러나 정욕을 가진 사람인 벙어리도 그의 피가 차디찰 리는 없었다. 혹 그의 피는 더욱 뜨거웠을는지도 알 수 없었다. 뜨겁다 뜨겁다 못하여 엉기어 버린 엿과 같을지도 알 수 없었다. 만일 그에게 볕을 주거나 다시 뜨거운 열을 준다면 그의 피는 다시 녹을는지도 알 수 없었다.

그가 깜박깜박하는 기름 등잔 아래에서 밤이 깊도록 짚세기*를 삼을 때면 남모르는 한숨을 아니 쉬는 것도 아니지마는 그는 그것을 곧 억제할 수 있을 만치 정욕에 대하여 벌써부터 단념을 하고 있었다. 마치 언제 폭발이 될는지 알지 못하는 휴화산 모양으로 그의 가슴속에는 충분한 정열을 깊이 감추어 놓았으나 그것이 아직 폭발될 시기가 이르지 못한 것이었다. 비록 폭발이 되려고 무섭게 격동함을 벙어리 자신도 느끼지 않는 바는 아니지마는 그는 그것을 폭발시킬 조건을 얻기 어려웠으며 자기가 여태까지 능동적으로 그것을 나타낼 수가 없을 만치 외계의 압축을 받았으며, 그것으로 인한 이지*가 너무 그에게 자제력을 강대하게 하여 주는 동시에 또는 너무 그것을 단념만 하게 하여 주었다.

속으로 '나는 벙어리다' 라고 생각할 때 그는 몹시 원통함을 느끼는 동시에 말하는 사람들과 똑같은 자유와 똑같은 권리가 없는 줄 알았다. 그는 이와 같은 생각에서 언제든지 단념 안을래야 단념하

*짚세기 : 짚신
*이지 : 본능이나 감정에 지배되지 않고 사물을 생각하여 판단하는 능력

지 않을 수 없는 그 단념이 쌓이고 쌓이어 지금에는 다만 한 개의 기계와 같이 이 집에 노예가 되어 있으면서도 그것을 자기의 천직으로 알고 있을 뿐이요, 다시는 자기가 살아갈 세상이 없는 것같이 밖에 알지 못하게 되었다.

그 해 가을이다. 주인의 아들이 장가를 들었다. 색시는 신랑보다 두 살 위인 열아홉 살이다. 주인이 본시 자기가 언제든지 문벌*이 얕은 것을 한탄하여 신부를 구할 때에 첫째 조건이 문벌이 높아야 할 것이었다. 그러나 문벌 있는 집에서는 그리 쉽게 색시를 내놓을 리가 없었다. 그러므로 하는 수 없이 그 어떠한 영락*한 양반의 딸을 돈을 주고 사오다시피 하였으니 무남독녀 딸을 둔 남촌 어느 과부를 꿀을 발라서 약혼을 하고 혹시나 무슨 딴소리가 있을까 하여 부랴부랴 성례식을 시켜 버렸다. 혼인할 때의 비용도

*문벌 : 대대로 내려오는 가문의 사회적 지체
*영락 : 세력이나 살림이 보잘것 없이 망하는 것

그 때 돈으로 삼만 냥을 섰다. 그리고 아들의 처갓집에 며느리 뒤 보아 주는 바느질삯, 빨래삯이라는 명목으로 한 달에 이천오백 냥 씩을 대어 주었다.

신부는 자기 아버지가 돌아가기 전까지만 해도 상당히 견디기도 하고 또는 금지옥엽같이 기른 터이라 구식 가정에서 배울 것 읽힐 것은 못한 것이 없고 게다가 본래 인물 이라든지

행동거지에 조금도 구김이 있지 아니하다. 신부가 오자 신랑이 흠절*이 생기기 시작하였다.

"신부에게다 대면 두루미와 까마귀지." "아직도 철딱서니가 없어." "색시에게 쥐여 지내겠지." "신랑에겐 과하지."

동네 말 좋아하는 여편네들이 모여 앉으면 이렇게 비평들을 한다. 어떠한 남의 걱정 잘 하는 마누라님은 간혹 신랑을 보고는 그대로 세워놓고,

"글쎄, 인제는 어른이 되었으니 셈이 좀 나요, 저리구 어떻게 색시를 거느려 가누. 색시방에 들어가기가 부끄럽지 않담."

*흠절:부족하거나 잘못된 점, 결점

하고 들이대다시피 하는 일이 있다. 이럴 적마다 신랑의 마음은 그 말하는 이들이 미웠다. 일부러 자기를 부끄럽게 하려고 하는 것같아서 그 후에 그를 만나면 말도 안하고 인사도 하지 아니한다. 또 그의 고모 되는 이가 와서 자기 조카를 보고,

"인제는 어른이야. 너도 그만하면 지각이 날 때가 되지 않았니. 네 처가 부끄럽지 아니하냐."

하고 타이를 적마다 그의 마음은 그 말하는 사람이 부끄럽다는 것보다 자기를 이렇게 하게 한 자기 아내가 더욱 밉살머리스러웠다.

"여편네가 다 무엇이냐? 저 빌어먹을 년이 들어오더니 나를 이렇게 못살게 굴지."

혼인한지 며칠이 못 되어 그는 색시방에 들어가지를 않았다. 집안에서는 야단이 났다. 마치 돼지나 말 새끼를 혼례시키려는 것같이 신랑을 색시방으로 집어넣으려 하나 막무가내였다. 그럴 때마다 신랑은 손에 닥치는 대로 집어때려서 자기의 외사촌 누이의 이마를 뚫어서 피까지 나게 한 일이 있었다. 집안 식구들은 하는 수가 없어 맨 나중으로 아버지에게 밀었다. 그러나 그것도 소용이 없을 뿐더러 풍파를 더 일으키게 하였다. 아버지께 꾸중을 듣고 들어와서는 다짜고짜로 신부의 머리채를 쥐어잡아 마루 한복판에 태질*을 쳤다. 그리고는,

*태질: 세게 메어치거나 내던지는 것

"이년, 네 집으로 가거라. 보기 싫다. 내 눈앞에서 보이지도 마라."

하였다. 밥상을 가져오면 그 밥상이 마당 한복판에서 재주를 넘고, 옷을 가져오면 그 옷이 쓰레기통으로 나간다. 이리하여 색시는 시집 오던 날부터 팔자 한탄을 하고서 날마다 밤마다 우는 사람이 되었다. 울면은 요사스럽다고 때린다. 또 말이 없으면 빙충맞다*고 친다.

이리하여 그 집에는 평화스러운 날이 하루도 없었다. 이것을 날마다 보는 사람 가운데 알 수 없는 의혹을 품게 된 사람이 하나 있으니 그는 곧 벙어리 삼룡이었다. 그렇게 예쁘고 유순하고 그렇게 얌전한, 벙어리의 눈으로 보아서는 감히 손도 대지 못할 만치 선녀 같은 색시를 때리는 것은 자기의 생각으로는 도저히 풀 수 없는 의심이다. 보기에는 황홀하고 건드리기도 황홀할 만치 숭고한 여자를 그렇게 하대한다*는 것은 너무나 세상에 있지 못할 일이다. 자기는 주인 새서방에게 개나 돼지같이 얻어맞는 것이 마땅한 이상으로 마땅하지마는 선녀와 짐승의 차가 있는 색시와 자기가 똑같이 얻어맞는 것은 너무 무서운 일이다. 어린 주인이 천벌이나 받지 않을까 두렵기까지 하였다.

*빙충맞다 : 어리석다.
*하대한다 : 업신여기어 소홀히 대한다.

어떠한 달밤, 사면은 고요적막하고 별들은 드문 드문 눈들만 깜박이며 반달이 공중에 뚜렷이 달려 있어 수은으로 세상을 깨끗하게 닦아낸 듯이 청명한데, 삼룡이는 검둥개 등을 쓰다듬으며 바깥 마당 멍석 위에 비슷이 드러누워 하늘을 쳐다보며 생각하여 보았다.

주인색시를 생각하면 공중에 있는 달보다도 더 곱고 별들보다도 더 깨끗하였다. 주인색시를 생각하면 달이 보이고 별이 보이었다. 삼라만상을 씻어내는 은빛보다도 더 흰 달이나 별의 광채보다도 그의 마음이 아름답고 부드러운 듯하였다. 마치 달이나 별이 땅에 떨어져 주인새아씨가 된 것도 같고, 주인새아씨가 하늘에 올라가면 달이 되고 별이 될 것 같았다. 더구나 자기를 어린 주인이 때리고 꼬집을 때 감히 입 벌려 말은 하지 못하나 측은하고 불쌍히 여기는 정이 그의 두 눈에 나타나는 것을 다시 생각할 때 그는 부들부들한 개 등을 어루만지면서 감격을 느끼었다. 개는 꼬리를 치며 자기를 귀여워하는 줄 알고 벙어리의 손을 핥았다.

삼룡이의 마음은 주인아씨를 동정하는 마음으로 가득 찼다. 또는 그를 위하여서는 자기의 목숨이라도 아끼지 않겠다는 의분에 넘치었다. 그것이 마치 살구를 보면 입 속에 침이 도는 것같이 본능적으로 느끼어지는 감정이었다.

　새댁이 온 뒤에 다른 사람들은 자유로운 안 출입을 금하였으나 벙어리는 마치 개가 맘대로 안에 출입할 수 있는 것같이 아무 의심없이 출입할 수가 있었다. 하루는 어린 주인이 먹지 않던 술이 잔뜩 취하여 무지한 놈에게 맞아서 길에 자빠진 것을 업어다가 안으로 들여다 눕힌 일이 있었다. 그 때에 아무도 안에 있지 않고 다만 새색시 혼자 방에서 바느질을 하고 있다가 이 꼴을 보고 벙어리의 충성된 마음이 고마워서, 그 후에 쓰던 비단 헝겊조각으로 부지쌈지* 하나를 만들어 준 일이 있었다. 이것이 새서방님의 눈에 띄었다. 그래서 색시는 어떤 날 밤 자던 몸으로 마당 복판에 머리를 푼 채 내동댕이가 쳐졌다. 그리고 온몸에 피가 맺히도록 얻어맞았다.
　이것을 본 벙어리는 또다시 의분의 마음이 뻗쳐 올라왔다. 그래서 미친 사자와 같이 뛰어들어가 새서방님을 내어던지고 새색시를 둘러메었다. 그리고 나는 수리와 같이 바깥사랑 주인영감이 있는 곳으로 뛰어가 그 앞에 내려놓고 손짓과 몸짓을 열 번 스무 번 거푸하며 하소연하였다.
　그 이튿날 아침에 그의 주인새서방님에게 물푸레로 얼굴을 몹시

*부지쌈지 : 담배 주머니

얻어맞아서, 한쪽 뺨이 눈을 얼러서 피가 나고 주먹같이 부었다. 그
때릴 적에 새서방 입에서 나오는 말은,

"이 흉측한 벙어리 같으니, 내 여편네를 건드려!"

하고 부지쌈지를 빼앗아 갈갈이 찢어서 뒷간에 던졌다.

"그러고 이놈아! 인제는 주인도 몰라보고 막 친다! 이런 것은 죽
어야 해."

하고 채찍으로 그의 뒷덜미를 갈겨서 그 자리에 쓰러지게 하였다.
벙어리는 다만 두 손으로 빌 뿐이었다. 말도 못 하고 고개를 몇백 번
코가 땅에 닿도록 그저 용서해 달라고 빌기만 하였다. 그러나 그의
가슴에는 비로소 숨어 있던 정의감이 머리를 들기 시작하였다. 그는
그 아픈 것을 참아 가면서도 북받치는 분노를 억제하였다.

그 때부터 벙어리는 안방에 들어가지 못하였다. 이 들어가지 못
하는 것이 더욱 벙어리로 하여금 궁금증이 나게 하였다. 그 궁금증
이라는 것이 묘하게 빛이 변하여 주인아씨를 뵈옵고 싶은 감정으로
변하였다. 뵈옵지 못하므로 가슴이 타올랐다. 몹시 애상의 정서가
그의 가슴을 저리게 하였다. 한 번이라도 아씨를 뵈올 수가 있으면
하는 마음이 나더니 그의 마음의 넋은 느끼기를 시작하였다.

'센티멘털'한 가운데에서 느끼는 그 무슨 정서는 그에게 생명같
은 희열을 주었다. 그것과 자기의 목숨이라도 바꿀 수 있을 것 같았

다. 어떤 때는 그대로 대강이로 담을 뚫고 들어가고 싶도록 주인아씨를 뵈옵고 싶은 것을 꾹 참을 때도 있었다.

그 후부터는 밥을 잘 먹을 수가 없었다. 일도 손에 잡히지 않았다. 틈만 있으면 안으로만 들어가고 싶었다. 주인이 전보다 많이 밥과 음식을 주고 더 편하게 하여 주었으나 그것이 싫었다. 그는 밤에 잠을 자지 않고 집 가장자리로 돌아다녔다.

하루는 주인새서방님이 술에 취하여 들어오더니 집안이 수선수선하여지며 계집 하인이 약을 사러 갔다 들어오는 것을 보고 그 계집 하인을 붙잡았다. 그리고 무엇이냐고 물었다. 계집 하인은 한 주먹을 뒤통수에 대고 얼굴을 젊다고 하는 뜻으로 쓰다듬으며 둘째 손가락을 내밀었다. 그것은 그 집 주인은 엄지손가락이요, 둘째 손가락은 새서방님이라는 뜻이요, 주먹을 뒤통수에 대이는 것은 여편네라는 뜻이요, 얼굴을 문지르는 것은 예쁘다는 뜻으로 벙어리에게 쓰는 암호다. 그런 뒤에 다시 혀를 내밀고 눈을 뒤집어쓰는 형상을 하고 두 팔을 싹 벌리고 뒤로 자빠지는 꼴을 보이니 그것은 사람이 죽게 되었거나 앓을 적에 하는 말 대신의 손짓이다.

벙어리는 눈을 크게 뜨고 계집 하인에게 한 발짝 가까이 들어서며 놀라는 듯이 멀거니 한참이나 있었다. 그의 가슴은 무섭게 격동하였다. 자기의 그리운 주인아씨가 죽었다는 말이 아닌가. 그는 두 주먹을 마주치며 한숨을 쉬었다. 그리고는 자기 방에서 무엇을 생각하는 것처럼 두어 시간이나 두 눈만 껌벅껌벅하고 앉았었다.

그는 밤이 깊어갈수록 궁금증 나는 사람처럼 일어섰다 앉았다 하더니 두 시나 되어서 바깥으로 나가서 뒤로 돌아갔다.

그는 도둑놈처럼 조심스럽게 바로 건넌방 뒤 미닫이 앞 담에 서서 주저주저하더니 담을 넘었다. 가까이 창 앞에 서서 문 틈으로 안을 살피다가 그는 진저리를 치며 뒤로 물러섰다. 어두운 밤에 그의 손과 발이 마치 그 뒤에 서 있는 감나무 잎같이 떨리더니 그대로 문을 박차고 뛰어들어갔을 때 그의 팔에는 주인아씨가 한 손에 길다란 명주수건을 들고서 한 팔로 벙어리의 가슴을 밀치며 뻗디디었다. 벙어리는 다만 눈이 뚱그레서 '에헤' 소리만 지르고 그 수건을 뺏으려 애쓸 뿐이다. 집안이 야단났다.

"집안이 망했군!" "어디 사내가 없어서 벙어리를!" "어떻든 알 수 없는 일이야!"
하는 소리가 이구석 저구석에서 수군댄다.

그 이튿날 아침에 벙어리는 온몸이 짓이긴 것이 되어 마당에 거

32 한국대표소설

꾸러져 입에서 피를 토하며 신음하고 있었다. 그 곁에서는 새서방이 쇠줄 몽둥이를 들고서 문초를 한다.

"이놈!"

하고는 음란한 흉내는 모조리 하여 가며 건넌방을 가리킨다. 그러나 벙어리는 손을 내저을 뿐이다. 또 몽둥이에서는 살점이 묻어나왔다. 그리고 피가 흘렀다. 벙어리는 타들어가는 목으로 소리도 못내며 고개만 내젓는다. 그는 피를 토하며 거꾸러지며 이마를 땅에 비비며 고개를 내흔든다. 땅에는 피가 스며든다. 새서방은 채찍 끝에 납뭉치를 달아서 가슴을 훔쳐갈겼다가 힘껏 잡아뽑았다. 벙어리는 그대로 거꾸러지며 말이 없었다. 새서방은 그래도 시원치 못하였다. 그는 어제 벙어리가 새로 갈아놓은 낫을 들고 달려왔다. 그는 그 시퍼렇게 날 선 낫을 번쩍 들었다. 그래서 벙어리를 찌르려 할 제 벙어리는 한 팔로 그것을 받았고, 집안사람은 달려들었다. 벙어리는 낫을 뿌리쳐 저리로 내던졌다. 주인은 집안이 망하였다고 사랑에 누워서 모든 일을 들은 체 만 체 문을 닫고 나오지를 아니 하며, 집안에서는 색시를 쫓는다고 야단이다.

그 날 저녁에 벙어리는 다시 끌려나왔다. 그 때에는 주인 새서방이 그의 입던 옷과 신을 주며 눈을 부릅뜨고 손을 멀리 가리키며,

"가! 인제는 우리 집에 있지 못한다."

하였다. 이 소리를 들은 벙어리는 기가 막혔다. 그에게는 이 집 외에 다른 집이 없다. 살 곳이 없었다. 자기는 언제든지 이 집에서 살고 이 집에서 죽을 줄밖에 몰랐다. 그는 새서방님의 다리를 껴안고 애걸하였다. 말도 못하는 것을 몸짓과 표정으로 간곡한 뜻을 표하였다. 그러나 새서방님은 발길로 지르고 사람을 불렀다.

"이놈을 좀 내쫓아라."

벙어리는 죽은 개 모양으로 끌려나갔다. 그리고 대갈빼기*를 개천 구석에 들이박히면서 나가 곤드라졌다가 일어서서 다시 들어오려 할 때에는 벌써 문이 닫혀 있었다. 그는 문을 두드렸다. 그의 마음으로는 주인영감을 찾았으나 부를 수가 없었다. 그가 날마다 열고 날마다 닫던 문이 지금은 자기가 열려 하나 자기를 내어쫓고 열리지를 않는다. 자기가 건사하고 자기가 거두던 모든 것이 오늘에는 자기의 말을 듣지 않는다. 어려서부터 지금까지 모든 정성과 힘과 뜻을 다해 충성스럽게 일한 값이 오늘에는 이것이다.

*대갈빼기 : 머리

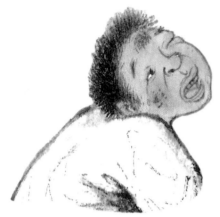

그는 비로소 믿고 바라던 모든 것이 자기의 원수란 것을 알았다. 그는 그 모든 것을 없애 버리고 자기도 또한 없어지는 것이 나은 것을 알았다.

그 날 저녁 밤은 깊었는데 멀리서 닭이 우는 소리와 함께 개 짖는 소리만이 들린다. 난데없는 화염이 벙어리 있던 오생원 집을 에워쌌다. 그 불을 미리 놓으려고 준비하여 놓았는지 집 가장자리로 쭉 돌아가며 흩어 놓은 풀에 모조리 돌라붙어 공중에서 내려다보면은 집의 윤곽이 선명하게 보일 듯이 타오른다.

불은 마치 피묻은 살을 맛있게 잘라 먹는 요마*의 혓바닥처럼 날름날름 집 한 채를 삽시간에 먹어 버리었다.

이와 같은 화염 속으로 뛰어들어가는 사람이 하나 있으니 그는 다른 사람이 아니라 낮에 이 집을 쫓겨난 삼룡이다. 그는 먼저 사랑에 가서 문을 깨뜨리고 주인을 업어다가 밭 가운데 놓고 다시 들어가려 할 제 얼굴과 등과 다리가 불에 데이어 쭈그러져드는 것을 알지 못하였다.

그는 건넌방으로 뛰어들었다. 그러나 색시는 없었다. 다시 안방

*요마 : 요망하고 간사한 마귀

으로 뛰어들었다. 그러나 또 없고 새서방이 그의 팔에 매달리어 구원하기를 애원하였다. 그러나 그는 그것을 뿌리쳤다. 다시 서까래*가 불이 시뻘겋게 타면서 그의 머리에 떨어졌다. 그러나 그는 그것을 몰랐다. 부엌으로 가 보았다. 거기서 나오다가 문설주*가 떨어지며 왼팔이 부러졌다. 그러나 그것도 몰랐다. 그는 다시 광으로 가 보았다. 거기도 없었다. 그는 다시 건넌방으로 들어갔다. 그 때에야 그는 색시가 타 죽으려고 이불을 쓰고 누워 있는 것을 보았다. 그는 색시를 안았다. 그리고는 길을 찾았다. 그러나 나갈 곳이 없었다. 그는 하는 수 없이 지붕으로 올라갔다.

그는 비로소 자기의 몸이 자유롭지 못한 것을 알았다. 그러나 그는 자기가 여태까지 맛보지 못한 즐거운 쾌감을 자기의 가슴에 느끼는 것을 알았다. 색시를 자기 가슴에 안았을 때 그는 이제 처음으로 살아난 듯하였다. 그는 자기의 목숨이 다한 줄 알았을 때, 그 색시를 내려놓을 때에는 그는 벌써 목숨이 끊어진 뒤였다. 집은 모조리 타고 벙어리는 색시를 무릎에 뉘고 있었다. 그의 울분은 그 불과 함께 사라졌을는지! 평화롭고 행복스러운 웃음이 그의 입 가장자리에 엷게 나타났을 뿐이다. 🔲

*서까래 : 지붕을 받치는 통나무
*문설주 : 문의 양쪽에 세워 문짝을 끼워 달게 만든 기둥

작품해설 : 벙어리 삼룡이

나도향에게 〈벙어리 삼룡이〉는 초기의 감상적인 작품
경향에서 벗어나 인간의 진실한 애정과 그것이 주는
인간 구원의 의미를 탐색한 작품이라는 데 의미가 있다.
돈과 신분주의가 지배하는 세계에서 결정적인 약점을 지닌
벙어리 삼룡이란 인물이 상전인 주인아씨에게 품은 사랑의
정으로 인하여 불가피하게 반항의 길로 들어서고
갈등을 겪으면서 비극적인 결말을 맞는다.
이 작품에서는 인물 성격의 변화가 두드러지게 나타난다.
주인공 삼룡이는 처음에는 소극적인 인물이었지만
적극적인 인물로 변화하고 있다.
즉, 삼룡이는 주인에게 순종하는 착한 하인이었지만,
자신을 발견하는 순간 적극적인 행동 양식을 보이는
인물로 변화하는 것이다.
이 작품에서 가장 돋보이는 장면이라면 위험을 무릅쓰고
불 속에 뛰어들어 고결한 사랑을 확인하는 것이라고
할 수 있다.

| 현진건 |

운수 좋은 날

운수 좋은 날은?

현진건이 1924년 〈개벽〉 지에 실린 작품이다.
현진건의 대표작 가운데 하나이며 가난한 인력거꾼의 고달픈 하루 일과와
아내의 비참한 죽음을 통하여, 그 시대 빈민층의 생활상을 재현한
현실성이 매우 강한 작품이다.

현진건

현진건은 1900년 대구에서 태어났으며 호는 '빙허' 이다. 그는 1920년 단편 〈희생화〉를
발표하지만 많은 사람들에게서 비난을 받는다. 그의 작가적 지위는 1921년 발표한
〈빈처〉에서부터 확립되며 이어서 그는 〈운수 좋은 날〉, 〈고향〉 등을 통하여 식민지 시대의
민중의 운명과 고통을 보여 주고 있다. 1943년 빈곤 속에서 장결핵으로 사망하였다.

　새침하게 흐린 품이 눈이 올 듯하더니 눈은 아니 오고 얼다가 만 비가 추적추적 내리었다. 이날이야말로 동소문* 안에서 인력거꾼 노릇을 하는 김첨지에게는 오래간만에 닥친 운수 좋은 날이었다.

　문 안에(거기도 문 밖은 아니지만) 들어간답시는 앞집 마나님을 전찻 길까지 모셔다드린 것을 비롯하여 행여나 손님이 있을까 하고 정류 장에서 어정어정하며 내리는 사람 하나하나에게 거의 비는 듯한 눈 길을 보내고 있다가, 마침내 교원인 듯한 양복쟁이를 동광 학교까지 태워다 주기로 되었다. 첫 번에 삼십 전, 둘째 번에 오십 전-아침 댓 바람*에 그리 흉하지 않은 일이었다.

　그야말로 재수가 옴붙어서 근 열흘 동안 돈 구경도 못한 김첨지 는 십 전짜리 백통화 서 푼, 또는 다섯 푼이 찰깍하고 손바닥에 떨 어질 제 거의 눈물을 흘릴 만큼 기뻤었다. 더구나 이날 이때에 이 팔십 전이라는 돈이 그에게 얼마나 유용한지 몰랐다. 컬컬한 목에 모주* 한 잔도 적실 수 있거니와 그보다도 앓는 아내에게 설렁탕 한 그릇도 사다 줄 수 있음이다.

*동소문 : 조선시대 4소문 가운데 하나　*댓바람 : 맨 첫번으로
*모주 : 약주를 뜨고 난 찌끼기 술, 밑술

그의 아내가 기침으로 쿨룩
거리기는 벌써 달포*가 넘었다.
조밥도 굶기를 먹다시피 하는
형편이니, 물론 약 한 첩 써본
일이 없다. 구태여 쓰려면 못
쓸 바도 아니지만 그는 병이란
놈에게 약을 주어 보내면 재미를
붙여서 자꾸 온다는 자기의 신조에
어디까지 충실하였다. 따라서 의사에게

보인 적이 없으나 무슨 병인지는 알 수 없으나 반듯이 누워 가지고
일어나기는커녕 모로도 못 눕는 걸 보면 중증은 중증인 듯, 병이 이
다지 심해지기는 열흘 전에 조밥을 먹고 체한 때문이다.

그 때도 김첨지가 오래간만에 돈을 얻어서 좁쌀 한 되와 십 전짜
리 나물 한 단을 사다 주었더니, 김첨지의 말에 의하면, 그 오라질
년이 천방지축으로 냄비에 넣고 끓였다. 마음은 급하고 불길은 닿
지 않아 채 익지도 않은 것을, 그 오라질 년이 숟가락은 고만두고
손으로 움켜서 두 뺨에 주먹덩이 같은 혹이 붉어지도록 누가 빼앗
을 듯이 처박질하더니만 그 날 저녁부터 가슴이 땅긴다, 배가 켕긴
다고 눈을 흡뜨고 지랄병을 하였다.

달포 : 한 달

그 때 김첨지는 열화와 같이 성을 내며,

"에이, 오라질 년, 조랑복*은 할 수가 없어. 못 먹어 병, 먹어서 병, 어쩌란 말이야! 왜 눈을 바루 뜨지 못해!"

하고 앓는 이의 뺨을 한번 후려갈겼다. 홉뜬 눈은 조금 바루어졌건만 이슬이 맺히었다. 김첨지의 눈시울도 뜨끈뜨끈하였다.

이 환자가 그리고도 먹는 데는 물리지 않았다. 사흘 전부터 설렁탕 국물이 마시고 싶다고 남편을 졸랐다.

"이런 오라질 년! 조밥도 못 먹는 년이 설렁탕은, 또 처먹고 지랄병을 하게."

라고 야단을 쳐보았건만, 못 사 주는 마음이 시원치는 않았다.

인제 설렁탕을 사 줄 수도 있다. 앓는 어미 곁에서 배고파 보채는 개똥이(세 살먹이)에게 죽을 사 줄 수도 있다. 팔십 전을 손에 쥔 김첨지의 마음은 푼푼하였다.*

*조랑복 : 복을 받아도 오래 누리지 못하는, 짧은 동안의 복
*푼푼하다 : 넉넉하다.

그러나 그의 행운은 그것으로
그치지 않았다. 땀과 빗물이
섞여 흐르는 목덜미를 기름주머
니가 다 된 광목 수건으로 닦으며,
그 학교 문을 돌아나올 때였다. 뒤
에서,

"인력거!"
하고 부르는 소리가 난다. 자
기를 불러 멈춘 사람이 그 학
교 학생인 줄 김첨지는
한번 보고 짐작할 수
있었다. 그 학생은 다짜
고짜로,

"남대문 정거장까지
얼마요?"
라고 물었다. 아마도 그
학교 기숙사에 있는 이로
동기 방학을 이용하여 귀향
하려 함이리라. 오늘 가기로 작정은

하였건만 비는 오고, 짐은 있고 해서 어찌할 줄 모르다가 마침 김첨지를 보고 뛰어나왔음이리라. 그렇지 않으면 왜 구두를 채 신지 못해서 질질 끌고, 비록 '고구라 양복'*일망정 노박이로* 비를 맞으며 김첨지를 뒤쫓아 나왔으랴.

"남대문 정거장까지 말씀입니까?"

하고 김첨지는 잠깐 주저하였다. 그는 이 우중에 우장도 없이 그 먼 곳을 철벅거리고 가기가 싫었음일까? 처음 것, 둘째 것으로 그만 만족하였음일까? 아니다, 결코 아니다. 이상하게도 꼬리를 맞물고 덤비는 이 행운 앞에 조금 겁이 났음이다. 그리고 집을 나올 제 아내의 부탁이 마음에 켕기었다. 앞집 마나님한테서 부르러 왔을 제 병인은 그 뼈만 남은 얼굴에 유일의 생물 같은 유달리 크고 움푹한 눈에 애걸하는 빛을 띠며,

"오늘은 제발 나가지 말아요. 제발 덕분에 집에 붙어 있어요. 내가 이렇게 아픈데……."

라고 모기 소리같이 중얼거리고 숨을 걸그렁걸그렁하였다. 그 때에 김첨지는 대수롭지 않은 듯이,

"압다, 젠장맞을 년, 별 빌어먹을 소리를 다 하네. 맞붙들고 앉았으면 누가 먹여살릴 줄 알아."

하고 훌쩍 뛰어나오려니까 환자는 붙잡을 듯이 팔을 내저으며,

*고구라 양복 : 일본 고구라산 무명 옷감 양복
*노박이로 : 계속해서, 줄곧

"나가지 말라도 그래, 그러면 일찍이 돌아와요."

하고 목메인 소리가 뒤를 따랐다.

정거장까지 가자는 말을 들은 순간에 경련적으로 떠는 손, 유달리 큼직한 눈, 울 듯한 아내의 얼굴이 김첨지의 눈앞에 어른어른하였다.

"그래 남대문 정거장까지 얼마란 말이요?"

하고 학생은 초조한 듯이 인력거꾼의 얼굴을 바라보며 혼잣말같이,

"인천 차가 열한 점에 있고, 그 다음에는 새로 두 점이던가."

라고 중얼거린다.

"일 원 오십 전만 줍시요."

이 말이 저도 모를 사이에 불쑥 김첨지의 입에서 떨어졌다. 제 입으로 부르고도 스스로 그 엄청난 돈 액수에 놀래었다. 한꺼번에 이런 금액을 불러라도 본 지가 그 얼마만인가! 그러자 그 돈 벌 용기가 병자에 대한 염려를 사르고 말았다. 설마 오늘 내로 어떠랴 싶었다. 무슨 일이 있더라도 제 일 제 이의 행운을 곱친 것보다도 오히려 갑절이 많은 이 행운을 놓칠 수 없다 하였다.

"일 원 오십 전은 너무 과한데."

이런 말을 하며 학생은 고개를 기웃하였다.

"아니올시다. 잇수로 치면 여기서 저기가 시오 리가 넘는답니다.

또 이런 진 날에 좀더 주셔야지요."

하고 빙글빙글 웃는 김첨지의 얼굴에는 숨길 수 없는 기쁨이 넘쳐
흘렀다.

"그러면 달라는 대로 줄 터이니 빨리 가요."

관대한 어린 손님은 그런 말을 남기고 총총히 옷도 입고 짐도 챙
기러 갈 데로 갔다.

그 학생을 태우고 나선 김첨지의 다리는 이상하게 가뿐하였다.
달음질을 한다느니보다 거의 나는 듯하였다. 바퀴도 어떻게 속히
도는지 구른다느니보다 마치 얼음을 지쳐나가는 '스케이트' 모양
으로 미끄러져가는 듯하였다. 언 땅에 비가 내려 미끄럽기도 하였
다. 이윽고 끄는 이의 다리는 무거워졌다. 자기 집 가까이 다다른
까닭이다. 새삼스러운 염려가 그의 가슴을 눌렀다. '오늘은 나가지
말아요. 내가 이렇게 아픈데!' 이런 말이 잉잉 그의 귀에 울렸다. 그
리고 병자의 움쑥 들어간 눈이 원망하는 듯이 자기를 노리는 듯하
였다. 그러자 엉엉 하고 우는 개똥이의 곡성을 들은 듯싶다. 딸꾹딸
꾹 하고 숨 모으는 소리도 나는 듯싶다.

"왜 이러우, 기차 놓치겠구먼."

하고 탄 이의 초조한 부르짖음이 간신히 그의 귀에 들어왔다.

언뜻 깨달으니 김첨지는 인력거를 쥔 채 길 한복판에 엉거주춤

멈춰 있지 않은가.

"예, 예."

하고 김첨지는 또다시 달음질하였다. 집이 차차 멀어갈수록 김첨지의 걸음에는 다시금 신이 나기 시작하였다. 다리를 재게 놀려야만 쉴새없이 자기의 머리에 떠오르는 모든 근심과 걱정을 잊을 듯이.

정거장까지 끌어다 주고 그 깜짝 놀란 일 원 오십 전을 정말 제 손에 쥠에, 제 말마따나 십 리나 되는 길을 비를 맞아가며 질퍽거리고 온 생각은 아니하고, 거저나 얻은 듯이 고마웠다. 졸부나 된 듯이 기뻤다. 제 자식뻘밖에 안 되는 어린 손님에게 몇 번 허리를 굽히며,

"안녕히 다녀옵시오."

라고 깍듯이 재우쳤다.* 그러나 빈 인력거를 털털거리며 이 우중에 돌아갈 일이 꿈밖이었다. 노동으로 하여 흐른 땀이 식어지자 굶주린 창자에서, 물 흐르는 옷에서 어슬어슬 한기가 솟아나기 비롯하매, 일 원 오십 전이란 돈이 얼마나 괜찮고 괴로운 것인 줄 절절히 느끼었다. 정거장을 떠나는 그의 발길은 힘 하나 없었다. 온몸이 옹송그려지며 당장 그 자리에 엎어져 못 일어날 것 같았다.

"젠장맞을 것! 이 비를 맞으며 빈 인력거를 털털거리고 돌아를 간담. 이런 빌어먹을, 제 할미를 붙을 비가 왜 남의 상판을 딱딱 때려!"

*재우치다 : 빨리 몰아치거나 재촉하다.

그는 몹시 화증을 내며 누구에게 반항이나 하는 듯이 게걸거렸다.* 그럴 즈음에 그의 머리엔 또 새로운 광명이 비쳤나니 그것은 '이러구 갈 게 아니라 이 근처를 빙빙 돌며 차 오기를 기다리면 또 손님을 태우게 되는지도 몰라' 란 생각이었다. 오늘 운수가 괴상하게도 좋으니까 그런 요행이 또 한번 없으리라고 누가 보증하랴. 꼬리를 굴리는 행운이 꼭 자기를 기다리고 있다고 내기를 해도 좋을 만한 믿음을 얻게 되었다. 그렇다고 해도 정거장 인력거꾼의 등살이 무서우니 정거장 앞에 섰을 수는 없었다. 그래 그는 이전에도 여러 번 해 본 일이라 바로 정거장 앞 전차 정류장에서 조금 떨어지게, 사람 다니는 길과 전찻길 틈에 인력거를 세워 놓고, 자기는 그 근처를 빙빙 돌며 형세를 관망하기로 하였다.

　　얼마 만에 기차는 왔고 수십 명이나 되는 손님이 정류장으로 쏟아져 나왔다. 그 중에서 손님을 물색하는 김첨지의 눈엔 양머리*에 뒤축 높은 구두를 신고 망토까지 두른 기생 퇴물인 듯, 난봉 여학생인 듯한 여편네의 모양이 눈에 띄었다. 그는 슬근슬근 그 여자의 곁으로 다가들었다.

　　"아씨, 인력거 아니 타시랍시오?"

　　그 여학생인지 뭔지가 한참은 매우 태깔*빼며 입술을 꼭 다문 채 김첨지를 거들떠보지도 않았다. 김첨지는 구걸하는 거지나 무엇같

*게걸거리다 : 천한 말로 자꾸 불평스럽게 떠들다.
*양머리 : 서양식으로 단장한 여자의 머리 　*태깔 : 교만한 태도

이 연해연방* 그의 기색을 살피며,

"아씨, 정거장 애들보담 아주 싸게 모셔다 드리겠습니다. 댁이 어디신가요?"

하고 추근추근하게도 그 여자의 들고 있는 일본식 버들고리짝*에 제 손을 대었다.

"왜 이래, 남 귀치않게."

소리를 벽력같이 지르고는 돌아선다. 김첨지는 어랍시오 하고 물러섰다. 전차가 왔다. 김첨지는 원망스럽게 전차 타는 이를 노리고 있었다. 그러나 그의 예감은 틀리지 않았다. 전차가 빡빡하게 사람을 싣고 움직이기 시작하였을 제 타고 남은 손님 하나가 있었다. 굉장하게 큰 가방을 들고 있는 걸 보면 아마 붐비는 차 안에 짐이 크다 하여 차장에게 밀려내려온 눈치였다. 김첨지는 대어섰다.

"인력거를 타실랍시오."

한동안 값으로 승강이를 하다가 육십 전에 인사동까지 태워다 주기로 하였다. 인력거가 무거워지매 그의 몸은 이상하게도 가벼워졌고, 그리고 또 인력거가 가벼워지니 몸은 다시금 무거워졌건만, 이번에는 마음조차 초조해 온다. 집의 광경이 자꾸 눈앞에 어른거리어 인제 요행을 바랄 여유도 없었다. 나무 등걸이나 무엇만 같고 제 것 같지도 않은 다리를 연해 꾸짖으며 갈팡질팡 뛰는 수밖에 없

*연해연방 : 끊임없이 잇따라
*버들고리짝 : 고리버들의 가지로 만든 상자

었다.

'저놈의 인력거꾼이 저렇게 술이 취해가지고 이 진 땅에 어찌 가노'라고 길 가는 사람이 걱정을 하리만큼 그의 걸음은 황급하였다. 흐리고 비 오는 하늘은 어두침침한게 벌써 황혼에 가까운 듯하다. 창경원 앞까지 다다라서야 그는 턱에 닿은 숨을 돌리고 걸음도 늦추잡았다. 한 걸음 두 걸음 집이 가까워올수록 그의 마음조차 괴상하게 누그러졌다. 그런데 이 누그러움은 안심에서 오는 게 아니요, 자기를 덮친 무서운 불행을 빈틈없이 알게 될 때가 박두한 것을 두려워하는 마음에서 오는 것이다.

그는 불행에 다닥치기 전 시간을 얼마쯤이라도 늘리려고 버르적거렸다. 기적에 가까운 벌이를 하였다는 기쁨을 할 수 있으면 오래 지니고 싶었다. 그는 두리번두리번 사면을 살피었다. 그 모양은 마치 자기 집, 곧 불행을 향하여 달려가는 제 다리를 제 힘으로는 도저히 어찌할 수 없으니 누구든지 나를 좀 잡아다고, 구해다고 하는 듯하였다.

그럴 즈음에 마침 길가 선술집에서 그의 친구 치삼이가 나온다. 그의 우글우글 살찐 얼굴이 주홍이 돋는 듯, 온 턱과 뺨을 시커멓게 구레나룻이 덮혔거늘, 노르탱탱한 얼굴이 바짝 말라서 여기저기 고랑이 파이고 수염도 있대야 턱 밑에만 마치 솔잎 송이를 거꾸로 붙여 놓은 듯한 김첨지의 풍채하고는 기이한 대상을 짓고 있었다.

"여보게 김첨지, 자네 문 안에 들어갔다 오는 모양일세 그려. 돈 많이 벌었을 테니 한 잔 빨리게."

뚱뚱보는 말라깽이를 보던 맡에 부르짖었다. 그 목소리는 몸짓과 딴판으로 연하고 싹싹하였다. 김첨지는 이 친구를 만난 게 얼마나 반가운지 몰랐다. 자기를 살려 준 은인이나 무엇같이 고맙기도 하였다.

"자네는 벌써 한 잔 한 모양일세 그려. 자네도 오늘 재미가 좋아 보이."

하고 김첨지는 얼굴을 펴서 웃었다.

"압다, 재미 안 좋다고 술 못 먹을 낸가. 그런데 여보게, 자네 온 몸이 어째 물독에 빠진 새앙쥐 같은가? 어서 이리 들어와 말리게."

선술집은 훈훈하고 뜨뜻하였다. 추어탕을 끓이는 솥뚜껑을 열 적마다 뭉게뭉게 떠오르는 흰 김, 석쇠에서 뻐지짓뻐지짓 구워지는 너비아니구이며, 제육이며, 간이며, 콩팥이며, 북어며, 빈대떡……. 이 너저분하게 늘어놓은 안주 탁자에 김첨지는 갑자기 속이 쓰려서 견딜 수가 없었다. 마음대로 할 양이면 거기 있는 모든 먹음먹이를 모조리 깡그리 집어삼켜도 시원치 않았다. 배고픈 김첨지는 우선 분량 많은 빈대떡 두 개를 쪼이기로 하고 추어탕을 한 그릇 청하였다. 주린 창자는 음식 맛을 보더니 더욱더욱 비어지며 자꾸자꾸 들이라들이라 하였다.

순식간에 두부와 미꾸리든 국 한 그릇을 그냥 물같이 들이켜고 말았다. 셋째 그릇을 받아들었을 제 데우던 막걸리 곱빼기 두 잔이 더 왔다. 치삼이와 같이 마시자 원원이* 비었던 속이라, 찌르르하고 창자에 퍼지며 얼굴이 화끈하였다. 눌러 곱빼기 한 잔을 또 마셨다. 김첨지의 눈은 벌써 개개풀리기* 시작하였다. 석쇠에 얹힌 떡 두 개를 숭덩숭덩 썰어서 볼을 불룩거리며 또 곱빼기 두잔을 부어라 하였다. 치삼은 의아한 듯이 김첨지를 보며,

"여보게, 또 붓다니, 벌써 우리가 넉 잔씩 먹었네. 돈이 사십 전일세."

라고 주의시켰다.

"아따 이놈아, 사십 전이 그리 끔찍하냐. 오늘 내가 돈을 막 벌었어.

*원원이 : 처음부터, 본디부터
*개개풀리다 : 졸리거나 술에 취하여 눈빛이 흐려지다.

참 오늘 운수가 좋았느니."

"그래 얼마를 벌었단 말인가?"

"삼십 원을 벌었어, 삼십 원을! 이런 젠장맞을, 술을 왜 안 부어. 괜찮다, 괜찮아. 막 먹어도 상관이 없어. 오늘 돈을 산더미같이 벌었는데."

"어, 이 사람 취했군, 그만두세."

"이놈아, 이걸 먹고 취할 내냐, 어서 더 먹어."

하고는 치삼의 귀를 잡아채며 취한 이는 부르짖었다. 그리고 술을 붓는 열다섯 살 됨직한 중대가리에게도 달려들며,

"이놈, 오라질 놈, 왜 술을 붓지 않어."

라고 야단을 쳤다. 중대가리는 히히 웃고 치삼을 보며 문의하는 듯이 눈짓을 하였다. 주정꾼이 이 눈치를 알아보고 화를 버럭 내며,

"에미를 붙을 이 오라질 놈들 같으니, 이놈 내가 돈이 없을 줄 알고."

하자마자 허리춤을 훔칫훔칫하더니 일 원짜리 한 장을 꺼내어 중대가리 앞에 펄쩍 집어던졌다. 그 사품*에 몇 푼 은전이 잘그랑하며 떨어진다.

"여보게, 돈 떨어졌네. 왜 돈을 막 끼었나."

이런 말을 하며 일변 돈을 줍는다. 김첨지는 취한 중에도 돈의 거처를 살피는 듯이 눈을 크게 떠서 땅을 내려다보다가 불시에 제 하는

*사품 : ~때문에

짓이 너무 더럽다는 듯이 고개를 소스라치자 더욱 성을 내며,

"봐라 봐! 이 더러운 놈들아, 내가 돈이 없나. 다리 뼉다구를 꺾어 놓을 놈들 같으니."

하고 치삼이 주워 주는 돈을 받아,

"이 원수엣 돈! 이 육시를 할 돈!"

하면서, 팔매질을 친다.

벽에 맞아 떨어진 돈은 다시 술 끓이는 양푼에 떨어지며 정당한 매를 맞는다는 듯이 쨍하고 울었다. 곱빼기 두 잔은 또 부어질 겨를도 없이 말려가고 말았다. 김첨지는 입술과 수염에 붙은 술을 빨아 들이고 나서 매우 만족한 듯이 그 솔잎 송이 수염을 쓰다듬으며,

"또 부어, 또 부어."

라고 외쳤다. 또 한 잔 먹고 나서 김첨지는 치삼의 어깨를 치며 문득 껄껄 웃는다. 그 웃음 소리가 어찌나 컸던지 술집에 있는 이의 눈이 모두 김첨지에게로 몰리었다. 웃는 이는 더욱 웃으며,

"여보게 치삼이, 내 우스운 이야기 하나 할까. 오늘 손님을 태우고 정거장에까지 가지 않았겠나."

"그래서?"

"갔다가 그냥 오기가 안 됐데그려. 그래 전차 정류장에서 어름어름하며 손님 하나를 태울 궁리를 하지 않았나. 거기 마침 마나님이

신지 여학생님이신지, 요새야 어디 논다니*와 아가씨를 구별할 수
가 있던가. 망토를 두르시고 비를 맞고 서 있겠지, 슬근슬근 가까이
가서 '인력거 타실랍시오.' 하고 손가방을 받으려니까 내 손을
탁 뿌리치고 휙 돌아서더니만, '왜 남을 이렇게 귀찮게 굴
어!' 그 소리야말로 꾀꼬리 소리지, 허허허!"

김첨지는 교묘하게도 정말 꾀꼬리같은 소리를 내었다. 모든 사람
은 일시에 웃었다.

"빌어먹을 깍쟁이 같은 년, 누가 저를 어쩌나. '왜 남을 귀찮
게 굴어!' 어이구 소리가 체신도 없지. 허허."

웃음소리들은 높아졌다. 그러나 그 웃음소리들이 사라지
기 전에 김첨지는 훌쩍훌쩍 울기 시작하였다. 치삼은 어
이없이 주정뱅이를 바라보며,

"금방 웃고 지랄을 하더니 우는 건 또 무슨 일
인가."

김첨지는 연해 코를 들이마시며,

"우리 마누라가 죽었다네."

"뭐 마누라가 죽다니, 언제?"

"이놈아 언제는, 오늘이지."

"에끼 미친 놈, 거짓말 마라."

*논다니 : 웃음과 몸을 파는 여자를
속되게 이르는 말

"거짓말은 왜, 참말로 죽었어, 참말로……. 마누라 시체를 집에 뻐들쳐놓고 내가 술을 먹다니, 내가 죽일 놈이야, 죽일 놈이야."

하고 김첨지는 엉엉 소리를 내어 운다. 치삼은 흥이 조금 깨어지는 얼굴로,

"원, 이 사람이 참말을 하나, 거짓말을 하나. 그러면 집으로 가세, 가."

하고 우는 이의 팔을 잡아당기었다. 치삼의 끄는 손을 뿌리치더니 김첨지는 눈물이 글썽글썽한 눈으로 싱그레 웃는다.

"죽기는 누가 죽어."

하고 득의가 양양.

"죽기는 왜 죽어, 생때같이 살아만 있단다. 그 오라질 년이 밥을 죽이지. 인제 나한테 속았다."

하고 어린애 모양으로 손뼉을 치며 웃는다.

"이 사람이 정말 미쳤단 말인가. 나도 아주먼네가 앓는단 말을 들었는데."

하고 치삼이도 어떤 불안을 느끼는 듯이 김첨지에게 또 돌아가라고 권하였다.

"안 죽었어, 안 죽었대도 그래."

김첨지는 화증을 내며 확신 있게 소리를 질렀으되 그 소리엔 안

죽은 것을 믿으려고 애쓰는 가락이 있었다. 기어이 일 원 어치를 채워서 곱빼기 한 잔씩 더 먹고 나왔다. 궂은비는 의연히 추적추적 내린다. 김첨지는 취중에도 설렁탕을 사 가지고 집에 다다랐다. 집이라 해도 물론 셋집이요, 또 집 전체를 세든 게 아니라 안과 뚝 떨어진 행랑방 한 칸을 빌려 든 것인데 물을 길어 대고 한 달에 일 원씩 내는 터이다.

만일 김첨지가 주기를 띠지 않았던들 한 발을 대문에 들여놓았을 제 그 곳을 지배하는 무시무시한 정적 폭풍우가 지나간 뒤의 바다 같은 정적에 다리가 떨렸으리라. 쿨룩거리는 기침 소리도 들을 수 없다. 그르렁거리는 숨소리조차 들을 수 없다. 다만 이 무덤 같은 침묵을 깨뜨리는, 아니 깨뜨린다기보다 한층 더 침묵을 깊게 하고 불길하게 하는, 빡빡하는 그윽한 소리, 어린애의 젖 빠는 소리가 날 뿐이다. 만일 청각이 예민한 이 같으면 그 빡빡 소리는 빨 따름이요, 꿀떡꿀떡하고 젖 넘어가는 소리가 없으니 빈 젖을 빤다는 것도 짐작할는지 모르리라.

혹은 김첨지도 이 불길한 침묵을 짐작했는지도 모른다. 그렇지 않으면 대문에 들어서자마자 전에 없이,

"이 난장맞을 년, 남편이 들어오는데 나와 보지도 않아, 이 오라질 년."

이라고 고함을 친 게 수상하다. 이 고함이야말로 제 몸을 엄습해 오는 무시무시한 증을 쫓아 버리려는 허장성세*인 까닭이다.

하여간 김첨지는 방문을 왈칵 열었다. 구역을 나게 하는 추기* 떨어진 삿자리* 밑에서 나온 먼짓내, 빨지 않은 기저귀에서 나는 똥내와 오줌내, 가지각색 때가 켜켜이 앉은 옷내, 병인의 땀 썩은 내가 섞인 추기가 무딘 김첨지의 코를 찔렀다. 방 안에 들어서며 설렁탕을 한 구석에 놓을 사이도 없이 주정꾼은 목청을 있는 대로 다 내어 호통을 쳤다.

"이런 오라질년, 주야장천* 누워만 있으면 제일이야! 남편이 와도 일어나지를 못해!"

라는 소리와 함께 발길로 누운 이의 다리를 몹시 찼다. 그러나 발길에 채이는 건 사람의 살이 아니고 나무 등걸과 같은 느낌이 있었다. 이 때에 빽빽 소리가 응아 소리로 변하였다. 개똥이가 물었던 젖을 빼놓고 운다. 운대도 온 얼굴을 찡그려 붙여서, 운다는 표정을 할 뿐이다. 응아 소리도 입에서 나는 게 아니고, 마치 뱃속에서 나는 듯하였다. 울다가 울다가 목도 잠겼고 또 울 기운조차 시진한 것 같다. 발로 차도 보람이 없는 걸 보자 남편은 아내의 머리맡으로 달려들어 그야말로 까치집 같은 환자의 머리를 꺼들어 흔들며,

"이년아, 말을 해, 말을! 입이 붙었어, 이 오라질 년!"

*허장성세 : 큰소리를 치거나 허세를 부림 *추기 : 송장이 섞여서 흐르는 물
*삿자리 : 갈대를 엮어서 만든 자리 *주야장천 : 밤낮으로

"……."

"으응, 이것 봐, 아무 말이 없네."

"……."

"이년아, 죽었단 말이냐, 왜 말이 없어."

"……."

"으응, 또 대답이 없네, 정말 죽었나보이."

이러다가 누운 이의 흰 창을 덮은, 위로 치뜬 눈을 알아보자마자,

"이 눈깔! 이 눈깔! 왜 나를 바루 보지 못하고 천장만 보느냐, 응."

하는 말 끝엔 목이 메었다. 그러자 산 사람의 눈에서 떨어진 닭의 똥 같은 눈물이 죽은 이의 뻣뻣한 얼굴을 어룽어룽 적시었다. 문득 김첨지는 미칠 듯이 제 얼굴을 죽은 이의 얼굴에 한데 비비대며 중얼거렸다.

"설렁탕을 사다 놓았는데 왜 먹지를 못하니, 왜 먹지를 못하니……. 괴상하게도 오늘은 운수가 좋더니만……." 🔳

작품해설 : 운수 좋은 날

〈운수 좋은 날〉은 1920년대 하층 노동자의 삶을 날카로운
관찰로 생생하게 그린 현진건의 대표작이다.
일제 치하 서울 동소문 안에 사는 인력거꾼 김첨지의
'운수 좋은' 어느 하루를 통해, 당시 도시 하층민의 비참한
생활상을 보여 주고 있다.
제목이 된 '운수 좋은 날' 은 사실 큰 벌이를 한
운수 좋은 날이 아니라 병든 아내가 빈 젖꼭지를
아이에게 물린 채 죽은 비통한 날의 반어적 표현이다.
김첨지는 우연찮게 돈이 생기게 됨으로써 병든 아내가 그토록
먹고 싶어하는 설렁탕을 사 줄 수 있는 기대와 가능성이
있었지만, 바로 이런 행운을 시샘하듯 아내가 병으로
죽고 만다. 따라서, 앞부분에서 일어나는 상황이나 사건이
뒷부분과는 극단적으로 대비되는 것이다. 그러나 이처럼 기적
도 희망도 있을 수 없다는 절망감은 노동자 뿐만이 아니라
식민지 상태에 있던 일반 민중들의 보편적 상황이었다는 것을
작가는 말하고 있다.

| 김동인 |

배따라기

배따라기는?

김동인이 1921년 〈창조〉 지에 발표한 작품으로 한국 근대 소설사에 최초로 나타난
본격적인 단편 소설이다. 이 작품은 또한 미를 창조하는 것이 예술의 최고 목표라고 하는
유미주의 내지는 낭만적인 작품이라는 평가를 받고 있다.

김동인

1900년 평양에서 태어났으며 부유한 집안에서 어린 시절을 보냈다.
1914년에 일본으로 건너가 동경 학원 및 명치 학원 중학부를 거쳐 카와바다 미술 학교를
중퇴했다. 1919년 한국 최초의 문예동인지 〈창조〉를 발간하고 1925년에는 문예동인지 〈영대〉를
간행하였다. 주요 작품으로 〈감자〉, 〈광화사〉 등이 있다.

좋은 일기이다.

좋은 일기라도, 하늘에 구름 한 점 없는-우리 '사람'으로서는 감히 접근 못 할 위엄을 가지고 높이서 우리 조그만 사람을 비웃는 듯이 내려다보는, 그런 교만한 하늘은 아니고, 가장 우리 '사람'의 이해자인 듯이 낮추 뭉글뭉글 엉기는 분홍빛 구름으로써 우리와 서로 손목을 잡자는 그런 하늘이다. 사랑의 하늘이다. 나는 잠시도 멎지 않고, 푸른 물을 황해로 부어내리는 대동강*을 향한, 모란봉 기슭 새파랗게 돋아나는 풀 위에 딩굴고 있었다.

이 날은 삼월 삼질, 대동강에서 첫 뱃놀이 하는 날이다.

까맣게 내려다보이는 물 위에는, 결결이 반짝이는 물결을 푸른 놀잇배들이 타고 넘으며, 거기서는 봄 향기에 취한 형형색색의 선율이 우단*보다도 부드러운 봄 공기를 흔들면서 날아온다. 그리고 거기서 기생들의 노래와 함께 날아오는 조선 아악은 느리게, 길게, 유창하게, 부드럽게, 그리고 또 애처롭게-모든 봄의 정다움과 끝까

*대동강 : 평안남도 평양에 있는 강이름
*우단 : 겉에 고운 털이 돋게 짠 비단, 벨벳

지 조화하지 않고는 안 두겠다는 듯이 대동강에 흐르는 시꺼먼 봄물, 청류벽에 돋아나는 푸르른 풀어음, 심지어 사람의 가슴 속에 봄에 뛰노는 불붙는 핏줄기까지도 습기 많은 봄 공기를 다리 놓고 떨리지 않고는 두지 않는다.

봄이다. 봄이 왔다.

부드럽게 부는 조그만 바람이, 시꺼먼 조선솔을 꿰며 또는 돋아나는 풀을 스치고 지나갈 때의 그 음악은, 다른 데서는 듣지 못할 아름다운 음악이다. 아아, 사람을 취케 하는 푸르른 봄의 아름다움이여! 열다섯 살부터의 동경* 생활에, 마음껏 이런 봄을 보지 못하였던 나는, 늘 이것을 보는 사람보다 곱 이상의 감명을 여기서 받지 않을 수 없다. 평양성* 내에는, 겨우 툭툭 터진 땅을 헤치면 파릇파릇 돋아나는 나무새기와 돋아나려는 버들의 어음으로 봄이 온 줄 알 뿐, 아직 완전히 봄이 안 이르렀지만, 이 모란봉 일대와 대동강을 넘어 보이는 가나안 옥토를 연상시키는 장림에는 마음껏 봄의 정다움이 이르렀다. 그리고 또 꽤 자란 밀, 보리 들로 새파랗게 장식한 장림의 그 푸른 빛, 만족한 웃음을 띠고 그 벌에 서서 내다보는 농부의 모양은, 보지 않아도 생각할 수가 있다. 구름은 자꾸 하늘을 날아다니는 모양이다. 그 밀 위에 비치었던 구름의 그림자는 그 구름과 함께 저편으로 물러가며, 거기는 세계를 아까 만들어 놓

*동경 : 일본의 수도 도쿄를 이르는 말
*평양성 : 고구려 시대 평양에 세운 성

은 것 같은 새로운 녹빛이 퍼져 나간다.

바람이나 조금 부는 때는 그 잘 자란 밀들은 물결같이 누웠다 일어났다, 일록 일청*으로 춤을 준다. 그리고 봄의 한가함을 찬송하는 솔개들은, 높은 하늘에서 동그라미를 그리면서 더욱더 아름다운 봄에 향그러운 정취를 더한다.

"다스한 봄정에 솟아나리다. 다스한 봄정에 솟아나리다."

나는 두어 번 소리나게 읊은 뒤에 담배를 붙여 물었다. 담뱃내는 무럭무럭 하늘로 올라간다. 하늘에도 봄이 왔다. 하늘은 낮았다. 모란봉 꼭대기에 올라가면 넉넉히 만질 수가 있으리만큼 하늘은 낮다. 그리고 그 낮은 하늘보다는 오히려 더 높이 있는 듯한 분홍빛 구름은, 뭉글뭉글 엉기면서 이리저리 날아다닌다.

나는 이러한 아름다운 봄 경치에 이렇게 마음껏 봄의 속삭임을 들을 때는, 언제든 유토피아를 아니 생각할 수 없다. 우리가 시시각각으로 애를 쓰며 수고하는 것은-그 목적은 무엇인가? 역시 유토피아 건설에 있지 않을까? 유토피아를 생각할 때는 언제든 그 '위대한 인격의 소유자'며 '사람의 위대함을 끝까지 즐긴' 진나라 시황을 생각지 않을 수 없다.

우리가 어찌하면 죽지를 아니할까 하여, 소년 삼백을 배를 태워 불사약을 구하러 떠나 보내며, 예술의 사치를 다하여 아방궁을 지

---

*일록 일청 : 한 번은 푸르고 한 번은 파랗게

으며, 매일 신하 몇천 명과 잔치로써 즐기며, 이리하여 여기 한 유토피아를 세우려던 시황은, 몇만의 역사가가 어떻다고 욕을 하든, 그는 정말로 인생의 향락자며 역사 이후의 제일 큰 위인이라고 할 수가 있다. 그만한 순전한 용기 있는 사람이 있고야 우리 인류의 역사는 끝이 날지라도 한 '사람'을 가졌었다고 할 수 있다.

'큰 사람이었었다.' 하면서 나는 머리를 들었다.

이 때다.

기자묘* 근처에서 무슨 슬픈 음률이, 봄 공기를 진동시키며 날아오는 것이 들렸다. 나는 무심코 귀를 기울였다. '영유 배따라기'다. 그것도 웬만한 광대나 기생은 발꿈치에도 미치지 못하리만큼—그만큼 그 배따라기의 주인은 잘 부르는 사람이었다.

비나이다, 비나이다.
산천후토 일월성신 하나님전 비나이다.
실날 같은 우리 목숨 살려 달라 비나이다.
에–야, 어그여지야.

여기까지 이르렀을 때에 저편 아래 물에서 장구 소리와 함께 기생의 노래가 울리어 오며 배따라기는 그만 안 들리게 되었다. 나는

*기자묘 : 중국 은나라 때 사람인 기자의 묘

2년 전 한여름을 영유서 지내 본 일이 있다. 배따라기의 본고장인 영유를 몇 달 있어 본 사람은 그 배따라기에 대하여 언제든 한 속절 없는 애처로움을 깨달을 것이다.

영유, 이름은 모르지만 X산에 올라가서 내려다보면 앞은 망망한 황해이니, 그 곳 저녁때의 경치는 한번 본 사람은 영구히 잊을 수가 없으리라. 불덩이 같은 커다란 시뻘건 해가 남실남실 넘치는 바다에 도로 빠질 듯 도로 솟아오를 듯 춤을 추며, 거기서 때때로 보이지 않는 배에서 '배따라기' 만 슬프게 날아오는 것을 들을 때엔 눈물 많은 나는 때때로 눈물을 흘렸다.

이로 보아서, 어떤 원의 아내가 자기의 모든 영화를 낡은 신같이 내어 던지고 뱃사람과 정처 없는 물길을 떠났다 함도 믿지 못할 말이랄 수가 없다.

영유서 돌아온 뒤에도 그 '배따라기' 는 내 마음에 깊이 새기어져 잊을 수가 없었고, 언제 한번 다시 영유를 가서 그 노래를 한번 더 들어 보고 그 경치를 다시 한번 보고 싶은 생각이 늘 떠나지를 않았다.

장구 소리와 기생의 노래는 멎고 배따라기만 구슬프게 날아온다. 결결이 부는 바람으로 말미암아 때때로는 들을 수가 없으되, 나의 기억과 곡조를 종합하여 들은 배따라기는 이 대목이다.

강변에 나왔다가

나를 보더니만,

혼비백산하여

꿈인지 생시인지

와르륵 달려들어

섬섬옥수로 부처 잡고,

호천망극 하는 말이

'하늘로서 떨어지며 땅으로서 솟아났다.

바람결에 묻어 오고 구름길에 째여 왔나.'

이리 서로 붙들고 울음 울 제,

인리 제인*이며 일가 친척이 모두 모여,

여기까지 들은 나는 마침내 참지 못하고 벌떡 일어서서 소나무 가지에 걸었던 모자를 내려 쓰고, 그 곳을 찾으러 모란봉 꼭대기에 올라섰다. 꼭대기는 좀더 노래 소리가 잘 들린다. 그는 배따라기의 맨 마지막, 여기를 부른다.

밥을 빌어서

죽을 쑬지라도

*인리 제인 : 이웃 동네의 많은 사람들

제발 덕분에

뱃놈 노릇은 하지 말아.

에-야 어그여지야-

그의 소리로써 방향을 찾으려던 나는, 그만 그 자리에 섰다.

'어딘가? 기자묘? 혹은 을밀대*?'

그러나 나는 오래 서 있을 수가 없었다. 어떻든 찾아보자 하고, 현무문으로 가서 문 밖에 썩 나섰다. 기자묘의 깊은 솔밭에 쫙 퍼진다.

'어딘가?' 나는 또 물어 보았다. 이 때에 그는 또다시 배따라기를 시초부터 부른다. 그 소리는 왼편에서 온다. 왼편이구나 하면서, 소리 나는 곳을 더듬어서 소나무 틈으로 한참 돌다가, 겨우 기자묘치고는 그 중 하늘이 넓고 밝은 곳에, 혼자서 딩굴고 있는 그를 찾아내었다. 나의 생각한 바와 같은 얼굴이다. 얼굴, 코, 입, 눈, 몸집이 모두 네모나고-그의 이마의 굵은 주름살과 시꺼먼 눈썹은 고생 많이 함과 순진한 성격을 나타낸다.

그는 어떤 신사가 자기를 들여다보는 것을 보고, 노래를 그치고 일어나 앉는다.

"왜? 그냥 하지요." 하면서 나는 그의 곁에 가 앉았다.

"머……."

*을밀때 : 고구려 시대 평양 모란봉 중턱에 세운 누각

할 뿐 그는 눈을 들어서 터진 하늘을 쳐다본다. 좋은 눈이었다. 바다의 넓고 큼이 유감없이 그의 눈에 나타나 있다. 그는 뱃사람이라 나는 짐작하였다.

"고향이 영유요?"

"예, 머, 영유서 나기는 했디만, 한 20년 영윤 가보디두 않았이요."

"왜, 20년씩 고향엘 안 가요?"

"사람의 일이라니, 마음대로 됩데까?"

그는 왜 그러는지, 한숨을 짓는다.

"거저, 운명이 데일 힘셉디다."

운명의 힘이 제일 세다는 그의 소리는 삭이지 못할 원한과 뉘우침이 섞여 있다.

"그래요?"

나는 다만 그를 건너다볼 뿐이다.

한참 잠잠하니 있다가 나는 다시 말하였다.

"자, 노형의 경험담이나 한번 들어봅시다. 감출 일이 아니면 한번 이야기해 보소."

"머, 감출 일은⋯⋯."

"그럼, 어디 들어봅시다 그려."

그는 다시 하늘을 쳐다보았다. 그러나 좀 있다가,

"하디요."

하면서 내가 담배를 붙이는 것을 보고 자기도 담배를 붙여물고 이야기를 꺼낸다.

"잊히디두 않는 십구 년 전 팔월 열하룻 날 일인데요."

하면서 그가 이야기한 바는 대략 이와 같은 것이다.

그가 살던 마을은 영유 고을서 한 20리 떠나 있는 바다를 향한 조그만 어촌이다. 그가 살던 조그만 마을(서른 집쯤 되는)에서는 그는 꽤 유명한 사람이었다. 그의 부모는 모두 열댓에 돌아갔고, 남은 사람이라고는 곁집에 딴살림하는 그의 아우 부처*와 그 자기 부처뿐이었다. 그들 형제가 그 마을에서 제일 부자이고 또 제일 고기잡이를 잘 하였고, 그 중 글이 있었고 배따라기도 그 마을에서 빼나게 그 형제가 잘 불렀다. 말하자면 그 형제가 그 동네의 대표적 사람이었다. 팔월 보름은 추석 명절이다. 팔월 열하룻 날 그는 명절에 쓸 장도 볼 겸, 그의 아내가 늘 부러워하는 거울도 하나 사 올 겸 장으로 향하였다.

"당손네 집에 있는 것보다 큰 거이요. 잊디 말구요."

그의 아내는 길까지 따라 나오면서 잊지 않도록 부탁하였다.

"안 잊어."

하면서 그는 떠오르는 새빨간 햇빛을 앞으로 받으면서 자기 마을을

*부처 : 남편과 아내

나섰다. 그는 아내를(이렇게 말하기는 우습지만) 고와했다*. 그의 아내는 촌에는 드물도록 연하고도 예쁘게 생겼다(그는 나에게 이렇게 말하였다).

"성내(평양) 덴줏골(갈보촌)을 가두 그만한 거 쉽디 않갔이요."

그러니까 촌에서는, 그리고 당시에는 남에게 우습게 보이도록 그 내외의 사이는 좋았다. 늙은이들은 계집에게 혹하지 말라고 흔히 그에게 권고하였다. 부처의 사이는 좋았지만—아니, 오히려 좋으므로 그는 아내에게 샘을 많이 하였다. 그리고 그의 아내는 시기를 받을 일을 많이 하였다. 품행이 나쁘다는 것이 아니라, 그의 아내는 대단히 천진스럽고 쾌활한 성질로서 아무에게나 말 잘 하고 애교를 잘 부렸다.

그 동네에서는 무슨 명절이나 되면, 집이 그 중 정결함을 핑계삼아 젊은이들은 모두 그의 집에 모이고 하였다. 그 젊은이들은 모두 그의 아내에게 '아즈마니' 라 부르고, 그의 아내는 아내라 '아즈바니 아즈바니' 하며 그들과 지껄이고 즐기며, 그 웃기 잘 하는 입에는 늘 웃음을 흘리고 있었다. 그럴 때마다 그는 한편 구석에서 눈만 할끈거리며 있다가 젊은이들이 돌아간 뒤에는 불문곡직하고 아내에게 덤비어들어 발길로 차고 때리며, 이전에 사다 주었던 것을 모두 걷어올린다. 싸움을 할 때에는 언제든 곁집에 있는 아우 부처가

*고와하다 : 예쁘고 곱게 생각하다.

말리러 오며, 그렇게 되면 언제든지 그는 아우 부처까지 때려 주었다. 그가 아우에게 그렇게 구는 데는 이유가 있었다.

그의 아우는 시골 사람에게는 쉽지 않도록 늠름한 위엄이 있었고, 매일 바닷바람을 쏘였지만 얼굴이 희었다. 이것뿐으로도 시기가 된다 하면 되지만, 특별히 아내가 그의 아우에게 친절히 하는 데는, 그는 속이 끓어 못 견디었다.

그가 영유를 떠나기 반 년 전쯤—다시 말하자면 그가 거울을 사러 장에 갈 때부터 반 년 전쯤 그의 생일날이었다. 그의 집에서는 음식을 차려서 잘 먹었는데, 그에게는 괴상한 버릇이 있었으니, 맛있는 음식은 남겨 두었다가 좀 있다 먹고 하는 것이 습관이었다. 그의 아내도 이 버릇은 잘 알 터인데 그의 아우가 점심때쯤 오니까, 아까 그가 아껴서 남겨 두었던 그 음식을 아우에게 주려 하였다. 그는 눈을 부릅뜨고 '못 주리라'고 암호하였지만 아내는 그것을 보았는지 못 보았는지 그의 아우에게 주어 버렸다. 그는 마음 속이 자못 편치 못하였다. 트집만 있으면 이년을…… 그는 마음먹었다.

그의 아내는 시아우에게 상을 준 뒤에 물러오다가 그만 그의 발을 조금 밟았다.

"이년!"

그는 힘껏 발을 들어서 아내를 냅다 찼다. 그의 아내는 상 위에

꺼꾸러졌다가 일어난다.

"이년, 사나이 발을 짓밟는 년이 어디 있어!"

"거 좀 밟아서 발이 부러뎃쉐까?"

아내는 낮이 새빨개져서 울음 섞인 소리로 고함친다.

"이년! 말대답이……."

그는 일어서서 아내의 머리채를 휘어잡았다.

"형님! 왜 이러십니까?"

아우가 일어서면서 그를 붙잡았다.

"가만 있거라, 이놈의 자식."

하며, 그는 아우를 밀친 뒤에 아내를 되는 대로 내리짖었다.

"죽일 년, 이년! 나가거라!"

"죽여라! 죽여라! 난, 죽어도 이 집에선 못 나가!"

"못 나가!"

"못 나가디 않구. 뉘 집이게……."

이 때다. 그의 마음에는 그 '못 나가겠다'는 아내의 마음이 푹 들이박혔다. 그 이상 때리기가 싫었다. 우두커니 눈만 흘기고 있다가 그는,

"망할 년, 그럼 내가 나갈라."

하고 그만 문 밖으로 뛰어나와서,

"형님, 어디 갑니까?"

하는 아우의 말에는 대답도 안 하고, 곁동네 탁주집으로 뒤도 안 돌아보고 가서, 거기 있는 술 파는 계집과 술상 앞에 마주 앉았다.

그 날 저녁, 얼근히 취한 그는 아내를 위하여 떡을 한돈어치 사 가지고 집으로 돌아왔다. 이리하여 또 서너 달은 평화가 이르렀다. 그러나 이 평화가 언제까지든 계속될 수가 없었다. 그의 아우로 말미암아 또 평화는 쪼개져 나갔다.

오월 초승*부터 영유 고을 출입이 잦던 그의 아우는 오월 그믐께부터는 고을서 며칠씩 묵어 오는 일이 많았다. 함께, 고을에 첩을 얻어 두었다는 소문이 퍼졌다. 이 소문이 있은 뒤는 아내는 그의 아우가 고을 들어가는 것을 벌레보다도 더 싫어하고, 며칠 묵어서 오는 때면 곧 아우의 집으로 가서 그와 담판을 하며, 심지어 동서 되는 아우의 처에게까지 못 가게 하지 않는다고 싸우는 일이 있었다.

칠월 초승께 그의 아우는 고을에 들어가서 열흘쯤 묵어 온 일이 있었다. 이 때도 전과 같이 그의 아내는 그의 아우며 제수와 싸우다 못하여 마침내 그에게까지 와서 아우가 그런 못된 데를 다니는 것을 그냥 둔다고, 해 보자 한다. 그 꼴을 곱게 보지 않았던 그는 첫마디로 고함을 쳤다.

"네게 상관이 무에가? 듣기 싫다."

*초승:음력으로 그 달 첫머리의 며칠 동안을 이르는 말

"못난둥이. 아우가 그런 델 댕기는 걸 말리디두 못하고!"

분김에 이렇게 그의 아내는 고함쳤다.

"이년, 무얼?"

그는 벌떡 일어섰다.

"못난둥이!"

그 말이 채 끝나기도 전에 그의 아내는 악 소리와 함께 그 자리에 거꾸러졌다.

"이년! 사나이에게 그 따윗 말버릇 어디서 배완!"

"에미네 때리는 건 어디서 배웠노? 못난둥이!"

그의 아내는 울음소리로 부르짖었다.

"상년 그냥? 나갈! 우리 집에 있디 말구 나갈!"

그는 내리찧으면서 부르짖었다. 그리고 아내를 문을 열고 밀쳤다.

"나가디 않으리!"

하고 그의 아내는 울면서 뛰어나갔다.

"망할 년!"

토하는 듯이 중얼거리고 그는 그 자리에 주저앉았다.

그의 아내는 해가 져서 어두워도 돌아오지 않았다. 일단 내어쫓기는 하였지만, 그는 아내의 돌아옴을 기다리고 있었다. 어두워져서도 그는 불도 안 켜고, 성이 나서 우들우들 떨면서 아내의 돌아오기를 기다렸다.

그러나 그의 아내의 참 기쁜 듯이 웃는 소리가 그의 아우의 집에서 밤새도록 울리었다. 그는 움쩍도 안 하고 그 자리에 앉아서 밤을 새운 뒤에, 새벽 동터올 때 아내와 아우를 죽이려고 부엌에 가서 식칼을 가지고 들어와서 문을 벌컥 열었다.

그의 아내가 만약 근심스러운 얼굴을 하고 그 문 밖에 우두커니

서서 문을 들여다보고 있지 않았다면, 그는 아내와 아우를 죽이고야 말았으리라.

그는 아내를 보는 순간 마음에 가득 차는 사랑을 깨달으면서, 칼을 내던지고 뛰어나가서 아내의 머리채를 휘어잡고, 이년 하면서 들어와서 뺨을 물어뜯으면서 함께 이리저리 자빠져서 딩굴었다. 그런 이야기는 다 하려면 끝이 없으되 다만 '그' '그의 아내' '그의 아우' 세 사람의 삼각 관계는 대략 이와 같았다.

각설—

거울은 마침 장에 마음에 맞는 것이 있었다. 지금 것과 대 보면, 어떤 때는 코도 크게 보이고 입이 작게도 보이는 것이지만, 그 당시에는 그리고 그런 촌에서는 둘도 없는 귀물이었다. 거울을 사 가지고 장을 본 뒤에 그는 이 거울을 아내에게 주면 그 기뻐할 모양을 생각하며, 새빨간 저녁 햇빛을 받는, 넘치는 듯한 바다를 안고 자기 집으로, 늘 들러 오던 탁주집에도 안 들러서 돌아왔다. 그러나 그가 그의 집 방 안에 들어설 때에는 뜻도 안 하였던 광경이 그의 눈에 벌이어 있었다. 방 가운데는 떡상이 있고, 그의 아우는 수건이 벗어져서 목 뒤로 느러지고, 저고릿고름이 모두 풀어져 가지고 한편 모퉁이에 서 있고, 아내도 머리채가 모두 뒤로 늘어지고, 치마가 배꼽 아래 늘어지도록 되어 있으며, 그의 아내와 아우는 그를 보고 어찌

할 줄을 모르는 듯이 움쭉도 안 하고 서 있었다. 세 사람은 한참 동안 어이*가 없어서 서 있었다. 그러나 좀 있다가 마침내 그의 아우가 겨우 말했다.

"그놈 쥐 어디 갔니?"

"흥! 쥐? 훌륭한 쥐 잡댔구나!"

그는 말을 끝내지도 않고, 짐을 벗어 던지고, 뛰어가서 아우의 멱살을 끌어잡았다.

"형님! 정말 쥐가……."

"쥐? 이놈! 형수하고 그런 쥐 잡는 놈이 어디 있니?"

그는 아우의 따귀를 몇 대 때린 뒤에 등을 밀어서 문 밖에 내어던졌다. 그런 뒤에 이제 자기에게 이를 매를 생각하고 우들우들 떨면서 아랫목에 서 있는 아내에게 달려들었다.

"이년! 시아우와 그런 쥐 잡는 년이 어디 있어!"

그는 아내를 거꾸러뜨리고 함부로 내리찧었다.

"정말 쥐가…… 아이 죽갔다."

"이년! 너두 쥐? 죽어라!"

그의 팔다리는 함부로 아내의 몸에 오르내렸다.

"아이 죽갔다. 정말 아까 적으니(시아우) 왔기에 떡 자시라구 내

*어이 : 어처구니

놓았더니……."

"듣기 싫다! 시아우 붙은 년이, 무슨 잔소릴……."

"아이, 아이, 정말이야요. 쥐가 한 마리 나……."

"그냥 쥐?"

"쥐 잡을래다가……."

"상년! 죽어라! 물에래두 빠데 죽얼!"

그는 실컷 때린 뒤에, 아내도 아우처럼 등을 밀어 쫓았다. 그 뒤에 그의 등으로,

"고기 배때기에 장사해라!"

토하였다. 분풀이는 실컷 하였지만, 그래도 마음 속이 자못 편치 못하였다. 그는 아랫목으로 가서 바람벽*을 의지하고 실신한 사람 같이 우두커니 서서 떡상만 들여다보고 있었다.

한 시간…… 두 시간…… 서편으로 바다를 향한 마을이라, 다른 곳보다는 늦게 어둡지만, 그래도 술시*쯤 되어서는 깜깜하니 어두웠다. 그는 불을 켜려고 바람벽에서 떠나서 성냥을 찾으러 돌아갔다. 성냥은 늘 있던 자리에 있지 않았다. 그래서 여기저기 뒤적이노라니까, 어떤 낡은 옷뭉치를 들칠 때에 문득 쥐소리가 나면서 무엇이 후덕덕 뛰어나온다. 그리하여 저편으로 기어서 도망한다.

"역시 쥐댔구나!"

*바람벽 : 건물의 둘레나 칸 사이를 막는 부분
*술시 : 십이 시의 열한 째 시각으로 오후 7시부터 9시까지의 시각

그는 조그만 소리로 부르짖었다. 그리고 그만 그 자리에 맥없이 덜썩 주저앉았다. 아까 그가 보지 못한 때의 광경이, 활동사진과 같이 그의 머리에 지나갔다.

아우가 집에를 온다. 아우에게 친절한 아내는 떡을 먹으라고 아우에게 떡상을 내놓는다. 그 때에 어디선가 쥐가 한 마리 뛰어나온다. 둘(아우와 아내)이서는 쥐를 잡노라고 돌아간다. 한참 성화시키던 쥐는 어느 구석에 숨어 버린다. 그들은 쥐를 찾노라고 두룩거린다. 그럴 때에 그가 집에 들어선 것이다.

"상년. 좀 있으믄 안 들어오리……."

그는 억지로 마음먹고 그 자리에 드러누웠다. 그러나 아내는 밤이 가고 날이 밝기는커녕, 해가 중천에 올라도 돌아오지를 않았다. 그는 차차 걱정이 나서 찾아보러 나섰다. 아우의 집에도 없었다. 동네를 모두 찾아보아도 본 사람도 없다 한다. 그리하여, 낮쯤 한 삼 사 리 내려가서 바닷가에서 겨우 아내를 찾기는 찾았지만 그 아내는 이전 같은 생기로 찬 산 아내가 아니요, 몸은 물에 불어서 곱이나 크게 되고, 이전에 늘 웃음을 흘리던 예쁜 입에는 거품을 잔뜩 문, 죽은 아내였다.

그는 아내를 업고 집으로 돌아오기까지 정신이 없었다. 이튿날 간단하게 장사를 하였다. 뒤에 따라오는 아우의 얼굴에는,

"형님, 이게 웬일이오니까?"

하는 듯한 원망이 있었다.

장사를 지낸 이튿날부터 아우는 그 조그만 마을에서 없어졌다. 하루 이틀은 심상히 지냈지만, 닷새가 지나도 아우는 돌아오지 않았다. 그래서 알아보니까, 꼭 그의 아우같이 생긴 사람이 오륙 일 전에 멧산자 보따리를 하여 진 뒤에, 시뻘건 저녁 해를 등으로 받고 더벅더벅 동쪽으로 가더라 한다. 그리하여 열흘이 지나고 스무 날이 지났지만, 한번 떠난 그의 아우는 돌아올 길이 없고, 혼자 남은 아우의 아내는 매일 한숨으로 세월을 보내게 되었다.

그도 이것을 잠자코 보고 있을 수가 없었다. 그 불행의 모든 죄는 죄다 그에게 있었다. 그도 마침내 뱃사람이 되어, 적이나 아내를 삼킨 바다와 늘 접근하며, 가는 곳마다 아우의 소식을 알아보려고, 어떤 배를 얻어 타고 물길을 나섰다. 그는 가는 곳마다 아우의 이름과 모습을 말하여 물었으나, 아우의 소식은 알 수가 없었다.

이리하여 꿈결같이 10년을 지내서 9년 전 가을, 탁탁히 낀 안개를 꿰며 연안 바다를 지나가던 그의 배는, 몹시 부는 바람으로 말미암아 파선을 하여 벗 몇 사람은 죽고, 그는 정신을 잃고 물 위에 떠돌고 있었다. 그가 정신을 차린 때는 밤이었다. 그리고 어느덧 그는 뭍 위에 올라와 있었고 그를 말리느라고 새빨갛게 피워놓은 불빛으

로 자기를 간호하는 아우를 보았다. 그는 이상히도 놀라지도 않고, 천연하게 물었다.

"너 어떻게 여기 완?"

아우는 잠자코 한참 있다가 겨우 대답하였다.

"형님, 거저 다 운명이웨다."

따뜻한 불기운에 깜빡 잠이 들려다가 그는 화닥닥 깨면서 또 말했다.

"10년 동안에 되게 파랬구나."

"형님, 나두 변했거니와 형님두 몹시 늙으셨쉐다."

이 말을 꿈결같이 들으면서 그는 또 혼혼히* 잠이 들었다. 그리하여 두어 시간, 꿀보다도 단 잠을 잔 뒤에 깨어 보니, 아까같이 빨간 불은 피어 있지만 아우는 어디로 갔는지 없어졌다. 곁의 사람에게 물어 보니까 아까 아우는 형의 얼굴을 물끄러미 한참 들여다보고 있다가, 새빨간 불빛을 등으로 받으면서, 더벅더벅 아무 말 없이 어두움 가운데로 사라졌다 한다.

이튿날 아무리 알아보아야 그의 아우는 종적이 없어지고 알 수 없으므로, 그는 하릴없이 다른 배를 얻어 타고 또 물길을 떠났다. 그리하여 그의 배가 해주에 이르렀을 때, 그는 해주장에 들어가서 무엇을 사려다가, 저편 맞은편 가게에 걸핏 그의 아우같은 사람이

*혼혼히 : 정신이 아뜩하여 희미한

있으므로 뛰어가서 보니 그는 벌써 없어졌다. 배가 해주에는 오래 머물지 않으므로 그는 마음은 해주에 남겨 두고, 또다시 바닷길을 떠났다. 그 뒤에 3년을 이리저리 돌아다녔어도 아우는 다시 볼 수가 없었다. 그리하여 3년을 지내서 지금부터 6년 전에, 그가 탄 배가 강화도를 지날 날에, 바다를 향한 가파로운 뫼켠에서 바다를 향하여 날아오는 '배따라기'를 들었다. 그것도 어떤 구절과 곡조는 그의 아우 특식으로 변경된–그의 아우가 아니면 부를 사람이 없는, 그 '배따라기' 이다.

배가 강화도에는 머무르지 않아서 그저 지나갔으나, 인천서 열흘쯤 머무르게 되었으므로, 그는 곧 내려서 강화도로 건너가 보았다. 거기서 이리저리 찾아다니다가 어떤 조그만 객주집에서 물어 보니, 이름도 그의 아우요, 생긴 모습도 그의 아우인 사람이 묵어 있기는 하였으나 사흘 전에 도로 인천으로 갔다 한다. 그는 곧 돌아서서 인천으로 건너와서 찾아보았지만, 그 조그만 인천서도 그의 아우를 찾을 길이 없었다. 그 뒤에 눈 오고 비 오며, 6년이 지났지만 그는 다시 아우를 만나 보지 못하고 아우의 생사까지도 알 수가 없었다.

말을 끝낸 그의 눈에는 저녁해에 반사하여 몇 방울의 눈물이 반짝인다. 나는 한참 있다가 겨우 물었다.

"노형 계수*는?"

*계수 : 아우의 아내, 제수

"모르디오. 20년을 영유는 안 가 봤으니깐요."

"노형은 이제 어디루 갈 테요?"

"것두 모르디오. 덩처가 있나요? 바람 부는 대로 몰려 댕기디오."

그는 다시 한번 나를 위하여 배따라기를 불렀다. 아아, 그 속에 잠겨 있는 삭이지 못할 뉘우침, 바다에 대한 애처로운 그리움.

노래를 끝낸 다음에 그는 일어서서 시뻘건 저녁해를 잔뜩 등으로 받고, 을밀대로 향하여 더벅더벅 걸어간다. 나는 그를 말릴 힘이 없어서, 멀거니 그의 등만 바라보고 앉아 있었다.

그 날 밤, 집에 돌아와서도 그 배따라기와 그의 숙명적 경험담이 귀에 쟁쟁히 울리어서 잠을 못 이루고, 이튿날 아침 깨어서 조반도 안 먹고 기자묘로 뛰어가서 또다시 그를 찾아보았다. 그가 어제 깔고 앉았던 풀은 모두 한편으로 누워서 그가 다녀감을 기념하되, 그는 그 근처에 보이지 않았다. 그러나-그러나 배따라기는 어디선가 쟁쟁히 울리어서 모든 소나무들을 떨리지 않고는 안 두겠다는 듯이 날아온다.

"모란봉이다. 모란봉에 있다."

하고 나는 한숨에 모란봉으로 뛰어갔다. 모란봉에는 사람이 하나도 없다. 부벽루*에도 없다.

"을밀대다."

하고 나는 다시 을밀대로 갔다. 을밀대에서 부벽루를 연한, 지옥까지 연한 듯한 골짜기에 물 한 방울을 안 새이리라고 빽빽히 난 소나무의 그 모든 잎닢은 떨리는 배따라기를 부르고 있지만, 그는 여기도 있지 않다. 기자묘의, 하늘을 향하여 퍼져 나간 그 모든 소나무의 천만의 잎닢도, 그 아래 쭉 퍼진 천만의 풀들도 모두 그 배따라기를 슬프게 부르고 있지만, 그는 이 조그만 모란봉 일대에서 찾을수가 없었다.

강가에 나가서 알아보니, 그의 배는 오늘 새벽에 떠났다 한다. 그 뒤에 여름과 가을이 가고 일 년이 지나서 다시 봄이 이르렀으되, 잠깐 평양을 다녀간 그는 그 숙명적 경험담과 슬픈 배따라기를 두었을 뿐, 다시 조그만 모란봉에 나타나지 않았다.

모란봉과 기자묘에 다시 봄이 이르러서, 작년에 그가 깔고 앉아서 부러졌던 풀들도 다시 곧게 대가 나서 자주빛 꽃이 피려 하지만, 끝없는 뉘우침을 다만 한낱 '배따라기'로 하소연하는 그는, 이 조그만 모란봉과 기자묘에서 다시 볼 수가 없었다. 다만 그가 남기고 간 '배따라기'만 추억하는 듯이 모든 잎닢이 속삭이고 있을 따름이다. ▨

*부벽루 : 평양의 모란봉 절벽 아래에 있는 누각

작품해설 : 배따라기

'나'는 2년 전에 한여름을 영유에서 보낸 적이 있는데,
그 곳에서 나는 그를 만나게 되었다.
아내와 아우에 대한 그의 오해로 인해 아내는 스스로
목숨을 끊었고 아우는 먼길을 떠났다.
뒤늦게 자신의 잘못을 깨달은 그는 한을 품은 아우가 부르는
배따라기 소리를 쫓아 아우를 찾고 있는 것이다.
작품의 앞부분에서 묘사, 서술되는 봄의 정경은
감미롭기 그지 없다.
'나'는 봄의 정경에 한껏 취한 상태에서 들려 오는 노랫소리에
그대로 빠져서 일체감을 느끼는 것을 알 수 있는데 그것은
작가가 황홀한 미적인 세계를 그리는 것을 목적으로
하는 것이라 할 수 있다.
작가는 '배따라기'를 단지 아름다운 노래가 아니라
노래를 부른 그의 한이 배여 있는 것으로 나타내고자 했다.
그래서 작가는 이 배따라기 속에 참담한 주인공의 이야기를
들려 주는 것이다. 작가는 배따라기 노래를 부르는
주인공의 그러한 이야기를 독자들에게 알려 줌으로써
배따라기를 한의 노래로 표현하고자 한 것이다.

|김유정|

동백꽃

동백꽃은?

1936년 5월 〈조광〉 지에 발표된 단편 소설이다.
이 작품은 '농촌 소설' 이라는 표제로 신분이나 계층(마름–소작인)을 넘어서서 이루어지는
사춘기의 두 남녀가 사랑에 눈 뜨는 과정을 김유정 특유의 서정성과
해학성으로 잘 묘사하고 있다.

김유정

1908년 강원도에서 태어났다. 1927년 연희전문학교에 입학했다 중퇴하였으며
1931년에는 고향에서 야학을 열어 문맹 퇴치 운동을 벌였다.
1933년 단편 〈소낙비〉, 〈산골 나그네〉를 집필하였으며 1935년에는 〈소낙비〉가
조선일보 신춘문예에 당선되었다. 1937년 사망하였다.
주요 작품으로 〈봄봄〉, 〈노다지〉, 〈땡볕〉, 〈따라지〉 등이 있다.

　오늘도 또 우리 수탉이 막 쫓기었다. 내가 점심을 먹고 나무를 하러 갈 양으로 나올 때이었다. 산으로 올라서려니까 등 뒤에서 '푸드득 푸드득' 하고 닭의 횃소리가 야단이다. 깜짝 놀라며 고개를 돌려 보니 아니나다르랴, 두 놈이 또 얼리었다.*

　점순네 수탉(대강이*가 크고 똑 오소리같이 실팍하게 생긴 놈)이 덩저리* 작은 우리 수탉을 함부로 해내는 것이다. 그것도 그냥 해내는 것이 아니라 푸드득 하고 면두를 쪼고 물러섰다가 좀 사이를 두고 또 푸드득 하고 모가지를 쪼았다. 이렇게 멋을 부려가며 여지없이 닭아놓는다*. 그러면 이 못생긴 것은 쪼일 적마다 주둥이로 땅을 받으며 그 비명이 킥, 킥 할 뿐이다. 물론 미처 아물지도 않은 면두를 또 쪼이어 붉은 선혈은 뚝뚝 떨어진다. 이걸 가만히 내려다보자니 내 대강이가 터져서 피가 흐르는 것같이 두 눈에서 불이 번쩍난다.

　대뜸 지게 작대기를 메고 달겨들어 점순네 닭을 후려칠까 하다가 생각을 고쳐먹고 헛매질로 떼어만 놓았다.

*대강이 : 머리　*얼리다 : 서로 얽히다.
*덩저리 : 몸집　*닭아놓다 : 곰짝 못하게 하다.　*면두 : 닭의 볏

이번에도 점순이가 쌈을 붙여놨을 것이다. 바짝바짝 내 기를 올리느라고 그랬음에 틀림없을 것이다. 고놈의 계집애가 요새로 접어들어서 왜 나를 못 먹겠다고 그렇게 아르렁거리는지 모른다.

나흘 전 감자 건만 하더라도 나는 저에게 조금도 잘못한 것은 없다. 계집애가 나물을 캐러 가면 갔지 남 울타리를 엮는데 쌩이질*을 하는 것은 다 뭐냐. 그것도 발소리를 죽여가지고 등 뒤로 살며시 와서,

"얘! 너 혼자만 일하니?"

하고 긴치 않은 수작을 하는 것이었다.

어제까지도 저와 나는 이야기도 잘 하지 않고, 서로 만나도 본 체만 체하고 이렇게 점잖게 지내던 터이련만 오늘로 갑작스레 대견해졌음은 웬일인가. 항차* 망아지만한 계집애가 남 일하는 놈 보구…….

"그럼 혼자 하지 떼루 하듸?"

내가 이렇게 내배앝는 소리를 하니까,

"너 일하기 좋니?"

또는,

"한여름이나 되거든 하지 벌써

*쌩이질 : 바쁠 때 쓸데 없는 일로 귀찮게 하는 것
*항차 : 하물며

울타리를 하니?"

　잔소리를 두루 늘어놓다가 남이 들을까봐 손으로 입을 틀어막고는 그 속에서 깔깔댄다. 별로 우스울 것도 없는데 날씨가 풀리더니 이놈의 계집애가 미쳤나 하고 의심하였다. 게다가 조금 뒤에는 제 집께를 할끔할끔 돌아보더니 행주치마 속으로 꼈던 바른손을 뽑아서 나의 턱 밑으로 불쑥 내미는 것이다. 언제 구웠는지 더운 김이

홱 끼치는 굵은 감자 세 개가 손에 뿌듯이 쥐였다.

"느 집엔 이거 없지?"

하고 생색있는 큰소리를 하고는 제가 준 것을 남이 알면 큰일 날 테니 여기서 얼른 먹어 버리란다. 그리고 또 하는 소리가,

"너 봄 감자가 맛있단다."

"난 감자 안 먹는다. 너나 먹어라."

나는 고개도 돌리려 하지 않고 일하던 손으로 그 감자를 도로 어깨 너머로 쑥 밀어 버렸다. 그랬더니 그래도 가는 기색이 없고, 뿐만 아니라 쌔근쌔근하고 심상치 않게 숨소리가 점점 거칠어진다.

이건 또 뭐야 싶어서 그 때서야 비로소 돌아다보니 나는 참으로 놀랐다.

우리가 이 동리에 들어온 것은 근 삼년째 되어 오지만 여태까지 가무잡잡한 점순이의 얼굴이 이렇게까지 홍당무처럼 새빨개진 법이 없었다. 게다가 눈에 독을 올리고 한참 나를 요렇게 쏘아보더니, 나중에는 눈물까지 어리는 것이 아니냐. 그리고 바구니를 다시 집어들더니 이를 꼭 악물고는 엎어질 듯 자

빠질 듯 논둑으로 횡허케 달아나는 것이다. 어쩌다 동리 어른이,

"너 얼른 시집가야지?"

하고 웃으면,

"염려 마서유. 갈 때 되면 어련히 갈라구!"

이렇게 천연덕스리 받는 점순이었다. 본시 부끄럼을 타는 계집애도 아니려니와 또한 분하다고 눈에 눈물을 보일 얼병이*도 아니다. 분하면 차라리 나의 등어리를 바구니로 한번 모지게 후려 째리고 달아날지언정. 그런데 고약한 그 꼴을 하고 가더니 그 뒤로는 나를 보면 잡아먹으려고 기를 복복 쓰는 것이다. 설혹 주는 감자를 안 받아 먹은 것이 실례라 하면, 주면 그냥 주었지 '느 집엔 이거 없지'는 다 뭐냐. 그렇잖아도 저희는 마름*이고 우리는 그 손에서 배지*를 얻어 땅을 부치므로 일상 굽실거린다.

우리가 이 마을에 처음 들어와 집이 없어서 곤란하게 지낼 때, 집터를 빌리고 그 위에 집을 짓도록 마련해 준 것도 점순네의 호의였다. 그리고 우리 어머니 아버지도 농사 때 양식이 딸리면 점순네한테 가서 부지런히 꾸어다 먹으면서 인품 그런 집은 다시 없으리라고 침이 마르도록 칭찬하곤 하는 것이다. 그러면서도 열일곱씩이나 된 것들이 수군수군하고 붙어다니면 동리의 소문이 사납다고 주의를 시켜 준 것도 또 어머니였다. 왜냐하면 내가 점순이하고 일을 저

*얼병이 : 다소 모자라는 사람 *마름 : 땅 주인을 대신해서 소작지를 관리하는 사람
*배지 : 지위가 높은 사람이 낮은 사람에게 권한을 위임하던 문서

96 한국대표소설

질렀다가는 점순네가 노할 것이고, 그러면 우리는 땅도 떨어지고 집도 내쫓기고 하지 않으면 안 되는 까닭이었다. 그런데 이놈의 계집애가 까닭없이 기를 복복 쓰며 나를 말려 죽이려고 드는 것이다.

눈물을 흘리고 간 다음날 저녁나절이었다. 나무를 한짐 잔뜩 지고 산을 내려오려니까 어디서 닭이 죽는 소리를 친다. 이거 뉘 집에서 닭을 잡나, 하고 점순네 울타리 뒤로 돌아오다가 나는 그만 두 눈이 뚱그래졌다. 점순이가 제 집 봉당*에 홀로 걸터앉았는데 아, 이게 치마 앞에다 우리 씨암탉을 꼭 붙들어놓고는,

"이놈의 닭! 죽어라, 죽어라."

요렇게 암팡스레 패 주는 것이 아닌가. 그것도 대가리나 치면 모른다마는 아주 알도 못 낳으라고 그 볼기짝께를 주먹으로 콕콕 쥐어박는 것이다. 나는 눈에 쌍심지가 오르고 사지가 부르르 떨렸으나 사방을 한번 휘돌아보고야 그제서 점순이 집에 아무도 없음을 알았다. 잡은 참지게 작대기를 들어 울타리의 중턱을 후려치며,

"이놈의 계집애! 남의 닭 알 못 낳으라구 그러니?"

하고, 소리를 빽 질렀다. 그러나 점순이는 조금도 놀라는 기색이 없고 그대로 의젓이 앉아서 제 닭 가지고 하듯이 또 죽어라, 죽어라, 하고 패는 것이다. 이걸 보면 내가 산에서 내려올 때를 겨냥해 가지고 미리부터 닭을 잡아가지고 있다가 너 보란 듯이 내 앞에서 쥐지

*봉당 : 안방과 건넌방 사이의 마루를 놓을 자리를 흙바닥 그대로 둔 곳

르고* 있음이 확실하다.

　그러나 나는 그렇다고 남의 집에 뛰어들어가 계집애하고 싸울 수도 없는 노릇이고 형편이 썩 불리함을 알았다. 그래서 닭이 맞을 적마다 지게 작대기로 울타리를 후려칠 수밖에 별 도리가 없다.

*쉬지르고 : 주먹으로 힘껏 내지르다.

왜냐하면 울타리를 치면 칠수록 울섶*이 물러앉으며 뼈대만 남기 때문이다. 허나 아무리 생각하여도 나만 밑지는 노릇이다.

"아, 이년아! 남의 닭 아주 죽일 터이냐?"

내가 도끼눈을 뜨고 다시 꽥 호령을 하니까 그제서야 울타리께로 쪼르르 오더니 울 밖에 섰는 나의 머리를 겨누고 닭을 내팽개친다.

"에이 더럽다! 더럽다!"

"더러운 걸 널더러 입때 끼고 있으랬니? 망할 계집애년 같으니!" 하고, 나도 더럽단 듯이 울타리께를 횡하게 돌아내리며 약이 오를 대로 다 올랐다. 그 까닭은 암탉이 풍기는 서슬에 나의 이마빼기에다 물찌똥*을 찍 갈겼는데, 그걸 본다면 알집만 터졌을 뿐 아니라 골병은 단단히 든 듯싶다. 그리고 나의 등 뒤를 향하여 나에게만 들릴 듯 말 듯한 음성으로,

"이 바보 녀석아!"

"얘! 너 배냇병신*이지?"

그만도 좋으련만,

"얘! 너 느 아버지가 고자라지?"

"뭐, 울 아버지가 그래 고자야?"

할 양으로 열병거지*가 나서 고개를 홱 돌리어 바라봤더니 그 때까지 울타리

*울섶: 울타리 만드는 데 쓰는 잎나무, 물거리, 풋나무를 이르는 말
*물찌똥: 설사를 할 때 나오는, 물기가 많은 묽은 똥
*배냇병신: 태어날 때부터의 병신
*열병거지: 무척 급하게 치어 오르는 화

위로 나와 있어야 할 점순이의 대가리가 어디로 갔는지 보이지를 않는다. 그러다 돌아서서 오자면 아까에 한 욕을 울 밖으로 또 퍼붓는 것이다. 욕을 이토록 먹어가면서도 대거리* 한 마디 못 하는 걸 생각하니 돌부리에 채이어 발톱 밑이 터지는 것도 모를 만치 분하고 급기에는 두 눈에 눈물까지 불끈 내솟는다.

그러나 점순이의 침해는 이것뿐이 아니다. 사람들이 없으면 틈틈이 제 집 수탉을 몰고 와서 우리 수탉과 쌈을 붙여놓는다. 제 집 수탉은 썩 험상궂게 생기고 쌈이라면 홰를 치는* 고로 으레 이길 것을 알기 때문이다. 그래서 툭하면 우리 수탉의 면두며 눈깔이 피로 흐드르하게 되도록 해놓는다.

어떤 때에는 우리 수탉이 나오지를 않으니까 요놈의 계집애가 모이를 쥐고 와서 꾀어내다가 쌈을 붙인다. 이렇게 되면 나도 다른 배차를 차리지 않을 수 없다. 하루는 우리 수탉을 붙들어가지고 넌지시 장독께로 갔다. 쌈닭에게 고추장을 먹이면 병든 황소가 살모사를 먹고 용을 쓰는 것처럼 기운이 뻗친다 한다. 장독에서 고추장 한 접시를 떠서 닭 주둥아리께로 들이밀고 먹여보았다. 닭도 고추장에 맛을 들였는지 거스르지 않고 거진 반 접시 턱이나 곧잘 먹는다. 그리고 먹고 금세는 용을 못 쓸 터이므로 얼마쯤 기운이 돌도록 홰* 속에다 가두어 두었다.

*대거리 : 상대방에 맞서 대드는 것 또는, 말   *홰를 치다 : 닭이나 새가 날개를 펴서 탁탁 하고 치다.
*홰 : 닭장 속에 가로지른 막대, 여기서는 닭장

밭에 두엄을 두어 짐 져내고 나서 쉴 참에 그 닭을 안고 밖으로 나왔다. 마침 밖에는 아무도 없고 점순이만 제 울 안에서 헌옷을 뜯는지 혹은 솜을 터는지 웅크리고 앉아서 일을 할 뿐이다. 나는 점순네 수탉이 노는 밭으로 가서 닭을 내려놓고 가만히 맥을 보았다. 두 닭은 여전히 얼리어 쌈을 하는데 처음에는 아무 보람이 없다. 멋지게 쪼는 바람에 우리 닭은 또 피를 흘리고 그러면서도 날갯죽지만 푸드득푸드득하고 올라 뛰고 뛰고 할 뿐으로 제법 한번 쪼아 보지도 못한다.

그러나 한 번은 어쩐 일인지 용을 쓰고 펄쩍 뛰더니 발톱으로 눈을 하비고 내려오며 면두를 쪼았다. 큰 닭도 여기에는 놀랐는지 뒤로 멈씰하며 물러난다. 이 기회를 타서 작은 우리 수탉이 또 날쌔게 덤벼들어 다시 면두를 쪼니 그제서는 감때사나운* 그 대강이에서도 피가 흐르지 않을 수 없었다. '옳다 알았다, 고추장만 먹이면 되는구나' 하고 나는 속으로 아주 쟁그러워* 죽겠다. 그 때에는 뜻밖에 내가 닭쌈을 붙여 놓은 데 놀라서 울 밖으로 내다보고 섰던 점순이도 입맛이 쓴지 눈살을 찌푸렸다. 나는 두 손으로 볼기짝을 두드리며 연방,

"잘한다! 잘한다!"

하고, 신이 머리끝까지 뻗치었다. 그러나 얼마 되지 않아서 나는 넋

*감때사나운 : 몹시 억세고 사나운.
*쟁그랍다 : 보거나 만지기에 불쾌할 만큼 흉하다.

이 풀리어 기둥같이 묵묵히 서 있게 되었다. 왜냐하면 큰 닭이 한 번 쪼이면 앙갚음으로 호들갑스레 연거푸 쪼는 서슬에 우리 수탉은 찔끔 못하고 막 곯는다. 이걸 보고서 이번에는 점순이가 깔깔거리고 되도록 이쪽에서 많이 들으라고 웃는 것이다.

나는 보다 못하여 덤벼들어서 우리 수탉을 붙들어가지고 도로 집으로 들어왔다. 고추장을 좀 더 먹였더라면 좋았을걸, 너무 급하게 쌈을 붙인 것이 퍽 후회가 난다. 장독께로 돌아와서 다시 턱 밑에 고추장을 들이댔다. 흥분으로 말미암아 그런지 당최 먹질 않는다. 나는 하릴없이 닭을 반듯이 눕히고 그 입에다 궐련* 물부리*를 물리었다. 그리고 고추장에 물을 타서 그 구멍으로 조금씩 들이부었다. 닭은 좀 괴로운지 킥킥하고 재채기를 하는 모양이나 그러나 당장의 괴로움은 매일같이 피를 흘리는 데 멜 게 아니라 생각하였다. 그러나 한두어 종지 가량 고추장 물을 먹이고 나서 나는 고만 풀이 죽었다. 싱싱하던 닭이 왜 그런지 고개를 살며시 뒤틀고는 손아귀에서 뻐드러지는 것이 아닌가. 아버지가 볼까봐서 얼른 홰에다 감추어두었더니 오늘 아침에서야 겨우 정신이 든 모양 같다.

그랬던 걸 이렇게 오다 보니까 또 쌈을 붙여 놓으니 이 망할 계집애가 필연 우리 집에 아무도 없는 틈을 타서 제가 들어와 홰에서 꺼내가지고 나간 것이 분명하다. 나는 다시 닭을 잡아다 가두고 염려

*궐련 : 얇고 가늘게 말아놓은 담배
*물부리 : 담배를 끼워서 빠는 물건

는 스러우나 그렇다고 산으로 나무를 하러 가지 않을 수도 없는 형편이었다.

소나무 삭정이*를 따며 가만히 생각해 보니 암만 해도 고년의 목쟁이를 돌려놓고 싶다. 이번에 내려가면 망할년 등줄기를 한번 되게 후려치겠다 하고 싱둥겅둥 나무를 지고는 부리나케 내려왔다.

거지반 집께 내려와서 나는 호드기* 소리를 듣고 발이 딱 멈추었다. 산기슭에 널려 있는 굵은 바윗돌 틈에 노란 동백꽃이 소보록 하니 깔리었다. 그 틈에 끼어 앉아서 점순이가 청승맞게스리 호드기를 불고 있는 것이다. 그보다도 더 놀란 것은 그 앞에서 또 푸드득 푸드득 하고 들리는 닭의 횃소리다. 필연코 요년이 나의 약을 올리느라고 또 닭을 집어내다가 내가 내려올 길목에다 쌈을 시켜 놓고 저는 그 앞에 앉아서 천연스레 호드기를 불고 있음에 틀림없으리라.

나는 약이 오를 대로 다 올라서 두 눈에서 불과 함께 눈물이 퍽 쏟아졌다. 나무 지게도 벗어놀 새 없이 그대로 내동댕이치고는 지게 작대기를 뻗치고 허둥지둥 달려들었다. 가까이 와보니 과연 나의 짐작대로 우리 수탉이 피를 흘리고 거의 빈사지경에 이르렀다.

*삭정이 : 말라 죽은 작은 나뭇가지
*호드기 : 봄철에 물오른 버드나무의 가지를 비틀어 뽑은 통껍질이나 밀짚 토막으로 만든 피리

닭도 닭이려니와 그러함에도 불구하고 눈 하나 깜짝없이 그대로 앉아서 호드기만 부는 그 꼴에 더욱 치가 떨린다. 동리에서도 소문이 났거니와 나도 한때는 걱실걱실히 일 잘하고 얼굴 예쁜 계집애인 줄 알았더니 시방 보니까 그 눈깔이 꼭 여우 새끼 같다.

나는 대뜸 달겨들어서 나도 모르는 사이에 큰 수탉을 단매*로 때려 엎었다. 닭은 푹 엎어진 채 다리 하나 꼼짝 못 하고 그대로 죽어 버렸다. 그리고 나는 멍하니 섰다가 점순이가 매섭게 눈을 흡뜨고 닥치는 바람에 뒤로 벌렁 나자빠졌다.

"이놈아! 너 왜 남의 닭을 때려 죽이니?"

"그럼 어때?"

하고 일어나다가,

"뭐 이자식아! 누구 집 닭인데?"

하고, 복장*을 떼미는 바람에 다시 벌렁 자빠졌다. 그리고 나서 가만히 생각하니 분하기도 하고 무안도 스럽고 또 한편 일을 저질렀으니 이젠 땅이 떨어지고 집도 내쫓기고 해야 될는지도 모른다. 나는 비슬비슬 일어나며 소맷자락으로 눈을 가리고는 얼김에 엉 하고 울음을 놓았다. 그러나 점순이가 앞으로 다가와서,

"그럼, 너 이담부턴 안 그럴 테냐?"

하고 물을 때에야 비로소 살 길을 찾은 듯싶었다. 나는 눈물을 우선

*단매 : 단 한 번의 매
*복장 : 가슴의 한 중간

씻고 뭘 안 그러는지 명색도 모르지만,

"그래!"

하고 무턱대고 대답하였다.

"요담부터 또 그래 봐라, 내 자꾸 못살게 굴 테니."

"그래그래, 인젠 안 그럴 테야."

"닭 죽은 건 염려 마라. 내 안 이를 테니."

그리고 뭣에 떠다밀렸는지 나의 어깨를 짚은 채 그대로 퍽 쓰러진다. 그 바람에 나의 몸뚱이도 겹쳐서 쓰러지며 한창 피어 흐드러진 노랑 동백꽃 속으로 푹 파묻혀 버렸다. 알싸한, 그리고 향긋한 그 냄새에 나는 땅이 꺼지는 듯이 온 정신이 그만 아찔하였다.

"너 말 마라?"

"그래!"

조금 있더니 요 아래서,

"점순아! 점순아! 이년이 바느질을 하다 말구 대체 어딜 갔어!"

하고 어딜 갔다 온 듯싶은 그 어머니가 역정이 대단히 났다. 점순이가 겁을 잔뜩 집어먹고 꽃 밑을 살금살금 기어서 산 아래로 내려간 다음 나는 바위를 끼고 엉금엉금 기어서 산 위로 치빼지 않을 수 없었다.

작품해설 : 동백꽃

1930년대 인심이 후하고 소박한 강원도 산골 마을을 배경으로
소작인의 아들인 '나'와 마름집 딸인 '점순이'를 대비시켜
'산골' 마을 젊은 남녀의 순박한 사랑을 보여 주고 있다.
이 작품에서 '나'는 남녀간의 애정에 대해 전혀 알지 못한다.
'나'는 사건에 우둔한 인물로 제시되어 재미있는 분위기가
살아나게 만든다.
이 작품에서 가장 핵심적인 부분은 '닭싸움'인데,
닭싸움은 '나'와 점순이의 갈등을 보여 주는 것이면서
사랑과 미움을 보여 주는 것이기도 하다.
이와 같은 점순이의 역설적 애정 표현과 그것에 대해 전혀
깨닫지 못하는 '나'를 보여 줌으로써 흥미와 긴장을 제공하는
동시에 독특한 갈등을 형성한다.
닭싸움을 배경으로 사춘기 남녀의 미묘한 감정을 재미있고
익살스럽게 그려냈을 뿐 아니라 구수한 토착어를 사용하여
흙냄새 물씬 나는 향토적 서정을 느끼게 한다.
이작품에 나오는 동백꽃 역시 자연적이고 토속적인 분위기를
조성하는 훌륭한 소재라고 할 수 있다.

|이효석|

메밀꽃 필 무렵

메밀꽃 필 무렵은?

이효석이 1936년 〈조광〉 10월호에 발표했으며 그의 대표작이라고 할 수 있다.
이 작품은 '허생원'이라는 과거의 추억 속에서 살아 가는 노인과 함께, 똑같은 장돌뱅이인
'조선달', '동이' 세 사람이 봉평장에서 대화장으로 달밤의 길을 걸어가게 되는 동안의 이야기이다.
이 소설은 단편 소설의 예술성과 그 기법 면에서 새로운 길을 열었다는 평가를 받고 있다.

이효석

1907년 강원도 평창에서 태어났으며 호는 '가산'이다. 경성 제1고등보통학교를 거쳐
경성제국대학 법문학부 영문과를 졸업하고, 1928년 〈조선지광〉에 단편 〈도시와 유령〉을 발표했다.
1934년 평양 숭실전문교수가 된 후 〈산〉, 〈들〉 등 자연과의 교감을 수필적인 필체로 묘사한 작품들을
발표했고, 1936년에는 한국 단편문학의 대표 작품이라고 할 수 있는 〈메밀꽃 필 무렵〉을 발표하였다.
1942년 뇌막염으로 사망하였다.

여름 장이란 애시당초에 글러서, 해는 아직 중천에 있건만 장판은 벌써 쓸쓸하고 더운 햇발이 벌여놓은 전 휘장 밑으로 등줄기를 훅훅 볶는다. 마을 사람들은 거의 다 돌아간 뒤요, 팔리지 못한 나무꾼 패가 길거리에 궁싯거리고들 있으나 석유병이나 받고 고깃마리나 사면 족할 이 축*들을 바라고 언제까지든지 버티고 있을 법은 없다. 춥춥스럽게 날아드는 파리떼도 장난꾼 각다귀*들도 귀치 않다. 얼금뱅이*요 왼손잡이인 드팀전*의 허생원은 기어코 동업의 조선달에게 낚아 보았다.

"그만 거둘까?"

"잘 생각했네. 봉평장에서 한 번이나 흐뭇하게 사본 일 있을까. 내일 대화장에 가서 한몫 벌어야겠네."

"오늘 밤은 밤을 새서 걸어야 될걸"

"달이 뜨렷다"

절렁절렁 소리를 내며 조선달 그 날 번 돈을 따지는 것을 보고 허생원은 말뚝에서 넓은 휘장을 걷고 벌여놓았던 물건을 거두기 시

*축 : 일정한 특성이나 수준에 따라 나누어지는 부류　*각다귀 : 남을 괴롭히는 사람을 비웃는 말
*얼금뱅이 : 얼굴이 얼룩얼룩 얽은 사람　*드팀전 : 온갖 옷감을 파는 가게

작하였다. 무명 필과 주단 바리가 두 고리짝에 꼭 찼다. 멍석 위에는 천 조각이 어수선하게 남았다. 다른 축들도 벌써 거진 전들을 걷고 있었다. 약빠르게 떠나는 패도 있었다. 어물장수도 땜장이도 엿장수도 생강장수도 꼴들이 보이지 않았다. 내일은 진부와 대화에 장이 선다. 축들은 그 어느 쪽으로든지 밤을 새며 육칠십 리 밤길을 타박거리지 않으면 안 된다.

장판은 잔치 뒷마당같이 어수선하게 벌어지고, 술집에서는 싸움이 터져 있었다. 주정꾼 욕지거리에 섞여 계집의 앙칼진 목소리가 찢어졌다. 장날 저녁은 정해놓고 계집의 고함소리로 시작되는 것이다.

"생원, 시침을 떼두 다 아네. 충줏집 말야."

계집 목소리로 문득 생각난 듯이 조선달은 비죽이 웃는다.

"화중지병*이지. 연소패*들을 적수로 하구야 대거리가 돼야 말이지."

"그렇지두 않을걸. 축들이 사족을 못 쓰는 것두 사실은 사실이나, 아무리 그렇다고 해두 왜 그 동이 말일세. 감쪽같이 충줏집을 후린 눈치거든."

"무어 그 애숭이가? 물건 가지고 나꾸었나부지. 착실한 녀석인 줄 알았더니."

*화중지병 : '그림의 떡'과 같은 의미로 실제로 이용하거나 사용할 수 없는 것을 이른다.
*연소패 : 나이 어린 패거리

“그 길만은 알 수 있나. 궁리 말구 가 보세나
그려. 내 한턱 씀세.”
그다지 마음이 당기지 않는 것을 쫓아갔다.
허생원은 계집과는 연분이 멀었다. 얼금뱅이
상판을 쳐들고 대어설 숫기도 없었으

나 계집 편에서 정을 보낸 적도 없었고, 쓸쓸하고 뒤틀린 반생이었
다. 충줏집을 생각만 하여도 철없이 얼굴이 붉어지고 발 밑이 떨리
고 그 자리에 소스라쳐 버린다.

충줏집 대문에 들어서서 술좌석에서 짜장* 동이를 만났을 때에는
어찌된 서슬엔지 발끈 화가 나 버렸다. 상 위에 붉은 얼굴을 쳐들고
제법 계집과 농탕치는* 것을 보고서야 견딜 수 없었던 것이다.

녀석이 제법 난질꾼인데 꼴 사납다. 머리에 피도 안 마른
녀석이 낮부터 술 처먹고 계집과 농탕이야. 장돌뱅이
망신만 시키고 돌아다니누나. 그 꼴에

*짜장 : 과연, 정말로
*농탕치다 : 남녀가 어지럽고 교양 없는 행동으로 마구 논다.

우리들과 한몫 보자는 셈이지. 동이 앞에 막아서면서부터 책망이었다. 걱정두 팔자요 하는 듯이 빤히 쳐다보는 상기된 눈망울에 부딪힐 때, 결김에* 따귀를 하나 갈겨 주지 않고는 배길 수 없었다. 동이도 화를 쓰고 팩하고 일어서기는 하였으나, 허생원은 조금도 동색하는* 법없이 마음먹은 대로 다 지껄였다. ─ 어디서 주워먹은 선머슴인지는 모르겠으나, 네게도 아비 어민 있겠지. 그 사나운 꼴 보면 맘 좋겠다. 장사란 탐탁하게 해야 되지, 계집이 다 무어야. 나가거라, 냉큼 꼴 치워. 그러나 한 마디도 대거리하지 않고 하염없이 나가는 꼴을 보려니, 도리어 측은히 여겨졌다. 아직두 서름서름한 사이인데 너무 과하지 않았을까 하고 마음이 섬뜩해졌다. 주제도 넘지. 같은 술손님이면서두 아무리 젊다고 자식 낳게 된 것을 붙들고 치고 닦아셀 것은 무어야 원.

충줏집은 입술을 쭝긋하고 술 붓는 솜씨도 거칠었으나, 젊은 애들한테는 그것이 약이 된다고 하고 그 자리는 조선달이 얼버무려 넘겼다. 너 녀석한테 반했지? 애숭이를 빨면 죄 된다. 한참 법석을 친 후이다. 담도 생긴 데다가 웬일이지 흠뻑 취해보고 싶은 생각도 있어서 허생원은 주는 술잔이면 거의 다 들이켰다.

거나해짐을 따라 계집 생각보다도 동이의 뒷일이 한결같이 궁금해졌다. 내 꼴에 계집을 가로채서 어떡할 작정이었누 하고 어리석

*결김에 : 화가 난 나머지
*동색하는 : 얼굴색이 변하는

은 꼬락서니를 모질게 책망하는 마음도 한편에 있었다. 그렇기 때문에, 얼마나 지난 뒤인지 동이가 헐레벌떡거리며 황급히 부르러 왔을 때에는 마시던 잔을 그 자리에 던지고 정신없이 허덕이며 충줏집을 뛰어나간 것이었다.

"생원, 당나귀가 바*를 끊구 야단이에요."

"각다귀들 장난이지 필연코."

짐승도 짐승이려니와 동이의 마음씨가 가슴을 울렸다. 뒤를 따라 장판을 달음질하려니 거슴츠레한 눈이 뜨거워질 것 같다.

"부락스런 녀석들이라 어쩌는 수 있어야죠."

"나귀를 몹시 구는 녀석들은 그냥 두지는 않을걸."

반평생을 같이 지내온 짐승이었다. 같은 주막에서 잠자고, 같은 달빛에 젖으면서 장에서 장으로 걸어다니는 동안에 이십 년의 세월이 사람과 짐승을 함께 늙게 하였다. 가스러진* 목 뒤 털은 주인의 머리털과도 같이 바스러지고, 개진개진 젖은 눈은 주인의 눈과 같이 눈곱을 흘렸다. 몽당비처럼 짧게 쓸리운 꼬리는, 파리를 쫓으려고 기껏 휘저어보아야 벌써 다리까지는 닿지 않았다. 닳아 없어진 굽은 몇 번이나 도려내고 새 철을 신겼는지 모른다. 굽은 벌써 더 자라나기는 틀렸고 닳아 버린 철 사이로는 피가 빼짓이 흘렀다. 냄새만 맡고도 주인을 분간하였다. 호소하는 목소리로 야단스럽게 울

*바 : 삼이나 칡따위로 세 가닥을 꼬아 만든 줄
*가스러진 : 잔털 같은 것이 거칠게 일어난

며 반겨한다. 어린아이를 달래듯이 목덜미를 어루만져 주니 나귀는 코를 벌름거리고 입을 투르르거렸다. 콧물이 튀었다.

허생원은 짐승 때문에 속도 무던히 썩였다. 아이들의 장난이 심한 눈치여서 땀 밴 몸뚱어리가 부들부들 떨리고 좀체 흥분이 식지 않는 모양이었다. 굴레가 벗어지고 안장도 떨어졌다. '요 몹쓸 자식들' 하고 허생원은 호령을 하였으나 패들은 벌써 줄행랑을 논 뒤요, 몇 남지 않은 아이들이 호령에 놀래 비슬비슬* 멀어졌다.

"우리들 장난이 아니우, 암놈을 보고 저 혼자 발광이지."

코흘리개 한 녀석이 멀리서 소리를 쳤다.

"고녀석 말투가……."

"김첨지 당나귀가 가 버리니까 혼통 흙을 차고 거품을 흘리면서 미친 소같이 날뛰는걸. 꼴이 우스워 우리는 보고만 있었다우. 배를 좀 보지."

아이는 앙돌아진 투로 소리를 치며 깔깔 웃었다.

허생원은 모르는 결에 낯이 뜨거워졌다. 뭇 시선을 막으려고 그는 짐승의 배 앞을 가리어 서지 않으면 안 되었다.

"늙은 주제에 암샘을 내는 셈야. 저놈의 짐승이."

아이의 웃음소리에 허생원은 주춤하면서 기어코 견딜 수 없어 채찍을 들더니 아이를 쫓았다.

"쫓으려거든 쫓아보지. 왼손잡이가 사람을 때려."

*비슬비슬 : 힘 없이 비실거리며

줄달음에 달아나는 각다귀에는 당할 재주가 없었다. 왼손잡이는 아이 하나도 후릴 수 없다. 그만 채찍을 던졌다. 술기도 돌아 몸이 유난스럽게 화끈거렸다.

"그만 떠나세. 녀석들과 어울리다가는 한이 없어. 장판의 각다귀들이란 어른보다도 더 무서운 것들인걸."

조선달과 동이는 각각 제 나귀에 안장을 얹고 짐을 싣기 시작하였다.

해가 꽤 많이 기울어진 모양이었다.

드팀전 장돌림을 시작한 지 이십 년이나 되어도 허생원은 봉평장을 빼논 적은 드물었다. 충주, 제천 등의 이웃 군에도 가고, 멀리 영남 지방도 헤매기는 하였으나, 강릉쯤에 물건하러 가는 외에는 처음부터 끝까지 군내를 돌아다녔다. 닷새만큼씩의 장날에는 달보다도 확실하게 면에서 면으로 건너간다. 고향이 청주라고 자랑삼아 말하였으나 고향에 돌보러간 일도 있는 것 같지는 않았다.

장에서 장으로 가는 길의 아름다운 강산이 그대로 그에게는 그리운 고향이었다. 반 날 동안이나 뚜벅뚜벅 걷고 장터 있는 마을에 거

지반 가까웠을 때, 거친 나귀가 한바탕 우렁차게 울면, 더구나 그것이 저녁녘이어서 등불들이 어둠 속에 깜박거릴 무렵이면, 늘 당하는 것이건만 허생원은 변치 않고 언제든지 가슴이 뛰었다.

젊은 시절에는 알뜰하게 벌어 돈푼이나 모아 본 적도 있기는 있었으나, 읍내에 백중*이 열린 해 호탕스럽게 놀고 투전을 하고 하여 사흘 동안에 다 털려 버렸다. 나귀까지 팔게 된 판이었으나 애끓는 정분에 그것만은 이를 물고 단념하였다.

결국 도로아미타불로 장돌림을 다시 시작할 수밖에 없었다. 짐승을 데리고 읍내를 도망해나왔을 때에는 너를 팔지 않기 다행이었다고 길가에서 울면서 짐승의 등을 어루만졌던 것이었다. 빚을 지기 시작하니 재산을 모을 염*은 당초에 틀리고 간신히 입에 풀칠을 하러 장에서 장으로 돌아다니게 되었다. 호탕스럽게 놀았다고는 하여도 계집 하나 후려보지는 못하였다. 계집이란 쌀쌀하고 매정한 것이다. 평생 인연이 없는 것이라고 신세가 서글퍼졌다. 일신에 가까운 것이라고는 언제나 변함 없는 한 필의 당나귀였다.

그렇다고 하여도 꼭 한 번의 첫일을 잊을 수는 없었다. 뒤에도 처음에도 없는 단 한 번의 괴이한 인연! 봉평에 다니기 시작한 젊은 시절의 일이었으나 그것을 생각할 적만은 그도 산 보람을 느꼈다.

"달밤이었으나 어떻게 해서 그렇게 됐는지 지금 생각해두 도무지

*백중 : 음력 칠월 보름날
*염 : 무엇을 하려는 생각

알 수 없어."

허생원은 오늘 밤도 또 그 이야기를 끄집어내려는 것이다. 조선 달은 친구가 된 이래 귀에 못이 박히도록 들어왔다. 그렇다고 싫증은 낼 수도 없었으나, 허생원은 시치미를 떼고 되풀이할 대로는 되풀이하고야 말았다.

"달밤에는 그런 이야기가 격에 맞거든."

조선달 편을 바라는 보았으나 물론 미안해서가 아니라 달빛에 감동하여서였다. 이지러는졌으나 보름을 가제* 지난 달은 부드러운 빛을 흐뭇이 흘리고 있다. 대화까지는 칠십 리의 밤길, 고개를 둘이나 넘고 개울을 하나 건너고 벌판과 산길을 걸어야 된다. 길은 지금 긴 산허리에 걸려 있다. 밤중을 지난 무렵인지 죽은 듯이 고요한 속에서 짐승 같은 달의 숨소리가 손에 잡힐 듯이 들리며, 콩포기와 옥수수 잎새가 한층 달에 푸르게 젖었다. 산허리는 온통 메밀밭이어서 피기 시작한 꽃이 소금을 뿌린 듯이 흐뭇한 달빛에 숨이 막힐 지경이다. 붉은 대궁이*이 향기같이 애잔하고 나귀들의 걸음도 시원하다.

길이 좁은 까닭에 세 사람은 나귀를 타고 외줄로 늘어섰다. 방울 소리가 시원스럽게 딸랑딸랑 메밀밭께로 흘러간다. 앞장 선 허생원의 이야기 소리는 꽁무니에 선 동이에게는 확적히는 안 들렸으나,

*가제 : 갓, 방금
*대궁이 : 대줄기

그는 그대로 개운한 제멋에 적적하지는 않았다.

"장 선 꼭 이런 날 밤이었네. 객줏집* 토방이란 무더워서 잠이 들어야지. 밤중은 돼서 혼자 일어나 개울가에 목욕하러 나갔지. 봉평은 지금이나 그제나 마찬가지지. 보이는 곳마다 메밀밭이어서 개울가가 어디 없이 하얀 꽃이야. 돌밭에 벗어도 좋을 것을, 달이 너무나 밝은 까닭에 옷을 벗으러 물방앗간으로 들어가지 않았나. 이상한 일도 많지. 거기서 난데없는 성 서방네 처녀와 마주쳤단 말이네. 봉평서야 제일 가는 일색이었지."

"팔자에 있었나부지."

아무렴 하고 응답하면서 말머리를 아끼는 듯이 한참이나 담배를 빨 뿐이었다. 구수한 자줏빛 연기가 밤기운 속에 흘러서는 녹았다.

"날 기다린 것은 아니었으나 그렇다고 달리 기다리는 놈팽이가 있는 것두 아니었네. 처녀는 울고 있단 말야. 짐작은 대고 있었으나 성 서방네는 한창 어려워서 들고 날 판인 때였지. 한 집안 일이니 딸에겐들 걱정이 없을 리 있겠나. 좋은 데만 있으면 시집도 보내련만 시집은 죽어도 싫다지……."

"그러나 처녀란 울 때같이 정을 끄는 때가 있을까. 처음에는 놀라기도 한 눈치였으나 걱정 있을 때는 누그러지기도 쉬운 듯해서 이럭저럭 이야기가 되었네. 생각하면 무섭고도 기막힌 밤이었어."

*객줏집: 상인들에게 술과 음식을 팔고 잠잘 곳을 제공하는 집

"제천인지로 줄행랑을 놓은 건 그 다음 날이었나?"

"다음 장도막*에는 벌써 온 집안이 사라진 뒤였네. 장판은 소문에 발끈 뒤집혀 고작해야 술집에 팔려가기가 상수라고, 처녀의 뒷공론이 자자들 하단 말이야. 제천 장판을 몇 번이나 뒤졌겠나. 하나 처녀의 꼴은 꿩 궈먹은 자리야. 첫날밤이 마지막 밤이었지. 그 때부터 봉평이 마음에 든 것이 반평생을 두고 다니게 되었네. 평생인들 잊을 수 있겠나."

"수 좋았지. 그렇게 신통한 일이란 쉽지 않아. 항용* 못난 것 얻어 새끼 낳고, 걱정 늘고 생각만 해두 진저리나지. 그러나 늙으막바지까지 장돌뱅이로 지내기도 힘든 노릇 아닌가? 난 가을까지만 하구 이 생애와두 하직하려네. 대화쯤에 조그만 전방이나 하나 벌이구 식구들을 부르겠어. 사시장천 뚜벅뚜벅 걷기란 여간이래야지."

"옛 처녀나 만나면 같이나 살까. 난 거꾸러질 때까지 이 길 걷고 저 달 볼테야."

산길을 벗어나니 큰길로 틔어졌다. 꽁무니의 동이도 앞으로 나서 나귀들은 가로 늘어섰다.

"총각두 젊겠다, 지금이 한창 시절이렷다. 충줏집에서는 그만 실수를 해서 그 꼴이 되었으나 섭게 생각 말게."

"처, 천만에요. 되려 부끄러워요. 계집이란 지금 웬 제격인가요.

*장도막 : 장날과 장날 사이의 동안 *항용 : 늘, 언제나
*실심하다 : 근심으로 마음이 산란하고 맥이 빠지다.

자나깨나 어머니 생각뿐인데요.”

　허생원의 이야기로 실심한* 끝이라 동이의 어조는 한풀 수그러진 것이었다.

　“아비 어미란 말에 가슴이 터지는 것도 같았으나 제겐 아버지가 없어요. 피붙이라고는 어머니 하나뿐인 걸요.”

　“돌아가셨나?”

　“당초부터 없어요.”

　“그런 법이 세상에…….”

　생원과 선달이 야단스럽게 껄껄들 웃으니, 동이는 정색하고 우길 수밖에 없었다.

　“부끄러워서 말하지 않으려 했으나 정말예요.
제천 촌에서 달도 차지 않은 아이를 낳고 어머니는 집을 쫓겨났죠.
우스운 이야기나,

그렇기 때문에 지금까지 아버지 얼굴도 본적 없고 있는 고장도 모르고 지내와요.”

고개가 앞에 놓인 까닭에 세 사람은 나귀를 내렸다. 둔덕은 험하고 입을 벌리기도 대근하여* 이야기는 한동안 끊겼다. 나귀는 건듯하면 미끄러졌다. 허생원은 숨이 차 몇 번이고 다리를 쉬지 않으면 안 되었다. 고개를 넘을 때마다 나이가 알렸다. 동이같은 젊은 축이 그지없이 부러웠다. 땀이 등을 한바탕 쭉 씻어내렸다.

고개 너머는 바로 개울이었다. 장마에 흘러버린 널다리가 아직도 걸리지 않은 채로 있는 까닭에 벗고 건너야 되었다. 고의*를 벗어 띠로 등에 얽어매고 반 벌거숭이의 우스꽝스런 꼴로 물 속에 뛰어들었다. 금방 땀을 흘린 뒤였으나 밤 물은 뼈를 찔렀다.

“그래, 대체 기르긴 누가 기르구?”

“어머니는 하는 수 없이 의부를 얻어서 술장사를 시작했죠. 술이 고주래서 의부라고 전 망나니예요. 철들어서부터 맞기 시작한 것이 하룬들 편한 날이 있었을까. 어머니는 말리다가 채이고 맞고 칼부림을 당하고 하니 집 꼴이 무어겠소. 열여덟 살 때 집을 뛰쳐나와서부터 이 짓이죠.”

“총각 낫세론 동이가 무던하다고 생각했더니, 듣고 보니 딱한 신세

*대근하여 : 견디기 힘들어
*고의 : 남자의 여름 홑바지

로군."

물이 깊어 허리까지 찼다. 속 물살도 어지간히 센데다가 발에 채이는 돌멩이도 미끄러워 금시에 훌칠* 듯하였다. 나귀와 조선달은 재빨리 거의 건넜으나 동이는 허생원을 붙드느라고 두 사람은 훨씬 떨어졌다.

"모친의 친정은 원래부터 제천이었던가?"

"웬걸요. 시원스레 말은 안해 주나 봉평이라는 것만은 들었죠."

"봉평, 그래 그 아비 성은 무엇이구?"

"알 수 있나요. 도무지 듣지를 못했으니까."

"그, 그렇겠지."

하고 중얼거리며 흐려지는 눈을 까물까물하다가 허생원은 경망하게도 발을 빗디디었다. 앞으로 고꾸라지기가 바쁘게 몸째 풍덩 빠져 버렸다.

허우적거릴수록 몸을 걷잡을 수 없어 동이가 소리를 치며 가까이 왔을 때에는 벌써 퍽이나 흘렀었다. 옷째 쫄딱 젖으니 물에 젖은 개보다도 참혹한 꼴이었다. 동이는 물 속에서 어른을 해깝게* 업을 수 있었다. 젖었다고는 하여도 여윈 몸이라 장정 등에는 오히려 가벼웠다.

"이렇게까지 해서 안 됐네. 내 오늘은 정신이 빠진 모양이야."

*훌칠 : 넘어질 듯 한쪽으로 기움
*해깝게 : 가볍게

"염려하실 것 없어요."

"그래 모친은 아비를 찾지는 않는 눈치지?"

"늘 한번 만나고 싶다고는 하는데요."

"지금 어디 계신가?"

"의부와도 갈라져 제천에 있죠. 가을에는 봉평에 모셔오려고 생각중인데요. 이를 물고 벌면 이럭저럭 살아갈 수 있겠죠."

"아무렴, 기특한 생각이야. 가을이라……."

동이의 탐탁한 등어리가 뼈에 사무쳐 따뜻하다. 물을 다 건넜을 때에는 도리어 서글픈 생각에 좀더 업혔으면도 하였다.

"진종일 실수만 하니 웬일이요, 생원."

조선달은 바라보며 기어코 웃음이 터졌다.

"나귀야. 나귀 생각하다 실족을 했어. 말 안 했던가. 저꼴에 제법 새끼를 얻었단 말이지. 읍내 강릉집 피마*에게 말일세. 귀를 쫑긋 세우고 달랑달랑 뛰는 것이 나귀 새끼같이 귀여운 것이 있을까. 그것 보러 나는 일부러 읍내를 도는 때가 있다네."

"사람을 물에 빠뜨릴 젠, 딴에는 대단한 나귀 새끼군."

허생원은 젖은 옷을 웬만큼 짜서 입었다. 이가 덜덜 갈리고 가슴이 떨리며 몹시도 추웠으나 마음은 알 수 없이 둥실둥실 가벼웠다.

"주막까지 부지런히들 가세나. 뜰에 불을 피우고 훗훗이* 쉬어.

*피마 : 다 자란 암말
*훗훗이 : 훈훈하게

나귀에겐 더운 물을 끓여 주고. 내일 대화장 보고는 제천으로 가세."

"생원도 제천으로……?"

"오래간만에 가 보고 싶어. 동행하려나, 동이?"

나귀가 걷기 시작하였을 때, 동이의 채찍은 왼손에 있었다. 오랫동안 어둑시니*같이 눈이 어둡던 허생원도 요번만은 동이의 왼손잡이가 눈에 띄지 않을 수 없었다. 걸음도 해깝고 방울 소리가 밤 벌판에 한층 청청하게 울렸다.

달이 어지간히 기울어졌다. 🔲

---

*어둑시니 : 어둠의 귀신

작품해설 : 메밀꽃 필 무렵

소설이 지닌 산문성보다는 오히려 시의 경지에 이르렀다는
평가를 받고 있는 이 작품은 '소설의 교과서' 라 일컬을 정도로
한국 현대 소설사에서 빼놓을 수 없는 중요한 작품이다.
특히, 이효석의 문학 세계가 가장 잘 응축되었을 뿐만 아니라,
괴로운 인생의 삶의 현장을 묘사하기보다는 인생을
자연과 융화시킨, 서정적이고 아름다운 세계를 잘 표현하고
있다는 평가를 받고 있는 작품이다.
이 작품은 작가의 고향 부근인 봉평과 대화 등
강원도 산간 마을 장터를 배경으로, 장돌뱅이인 허생원과
성 서방네 처녀 사이에 맺어진 하룻밤의 애틋한 인연이
중심이 된다. 허생원과 나귀와의 융합을 통해
허생원과 동이와의 혈연적 관계를 암시하는 치밀한 구성과
달빛 아래 메밀꽃이 하얗게 핀 밤길을 배경으로,
얽은 얼굴 때문에 여자와는 인연이 없던 허생원의
애틋한 사랑을 형상화시킨 작가의 솜씨가 돋보이는 작품이다.

|심 훈|

상록수

상록수는?

1935년 동아일보의 농촌 계몽을 주제로 한 장편 소설 공모에 당선된 작품이다.
러시아의 '브 나로드(V narod) 운동'에 영향을 받아 전개된 농촌 계몽 운동과
이광수의 〈흙〉에 영향을 받은 작품으로, 농촌 계몽에 투신하는 젊은 남녀 박동혁과
채영신의 헌신적 노력과 역경 극복, 그리고 고귀한 사랑을 내용으로 하고 있다.

심 훈

1901년 서울에서 태어났으며 소설가, 시인, 영화인으로 활동하였다.
본명은 '대섭'이며 호는 '해풍'이다. 1915년 경성제일고등보통학교에 입학하였으나
1919년 3·1운동에 가담하여 투옥, 퇴학당하였다. 1930년 조선일보에 장편 〈동방의 애인〉을
연재하다가 검열에 걸려 중단하였는데 이는 1949년 다시 유고집으로 출간되었다.
1932년 시집 〈그 날이 오면〉이 검열에 통과 되지 않아 출간하지 못하였고
1935년 동아일보에 〈상록수〉를 응모하여 당선되었다.

(앞부분 줄거리)

영신과 동혁은 'ㅇㅇ신문사' 주최의 농촌 계몽 운동에 참여한 열성적인 학생들로서, 주최측이 베푼 위로회의 연설을 계기로 사랑하는 사이가 된다. 둘은 학업을 끝내고 각자 농촌으로 내려가 계몽 운동에 헌신한다.

동혁은 한곡리로 내려가 30세 이하의 청년들을 모아 농우회를 조직하고 회관 건립과 마을 개량 사업을 추진한다. 그러나 지주인 강도사의 아들 강기천과 일제의 방해로 어려움을 겪는다. 영신도 청석골로 내려가 예배당을 빌려서 가난한 농촌 아이들에게 한글 강습을 실시하는 한편, 기부금을 모아 새 건물을 지을 계획을 세운다. 그러나 일제의 방해로 130명이나 되는 아이들을 80명으로 제한하라는 통고를 받고 괴로워한다.

잠 한숨 자지를 못해서 머리가 무겁고 눈이 빡빡한데, 교실 한복판에 가서 한참 동안이나 실신한 사람처럼 우두커니 섰자니, 어찔

어찔하고 현기증이 나서 이마를 짚고 있다가, 다리를 간신히 떼어 놓으며 칠판 앞으로 갔다.

그는 분필을 집어가지고 교단 앞에서 삼분의 일 가량 되는 데까지 와서는, 동쪽 끝에서부터 서쪽 창 밑까지 한일 자로 금을 죽 그었다. 그리고 아이들이 오는 것을 기다렸다가 예배당 문을 한쪽만 열었다. 아이들은 여느 때와 조금도 다름이 없이 재깔거리며 앞을 다투어 우르르 몰려 들어온다.

영신은 잠자코, 맨 먼저 온 아이부터 하나씩 둘씩 차례차례로, 분필로 그어 놓은 금 안으로 앉혔다. 어느덧 금 안에는 제한을 받은 팔십 명이 찼다.

"나중에 온 아이들은 이 금 밖으로 나가 앉아요. 떠들지들 말고."

선생님의 명령에, 늦게 온 아이들은 영문도 모르고, 오늘은 왜 이럴까 하는 표정으로 선생의 눈치를 할끔할끔 보며, 금 밖에 가서 쪼그리고 앉는다.

아이들에게 제비를 뽑힐 수도 없고, 하급생이라고 마구 몰아 내는 것도 공평하지 못할 듯해서, 영신은 생각다 못해, 나중에 오는 아이들을 돌려보내려는 것이다. 나중에 왔다고 해도, 시간으로 보면 불과 십 분 내외의 차이밖에 나지 않지만, 그렇게 하는 도리 이외에 아무 묘책이 없었던 것이다.

영신은 아이들을 다 들여앉힌 뒤에, 원재와 다른 청년들에게, 그제야 그 사정을 귀띔해 주었다. 그런 소문이 미리 나면 일이 더 복잡해질 것을 염려하였기 때문이다.

그 말을 듣는 청년들의 얼굴빛은 금방 흙빛으로 변하였다.

"암말도 말고, 나 하라는 대로만 장내를 잘 정돈해 줘요. 자세한 얘긴 이따가 할게."

청년들은 영신을 절대로 신임하는 터라, 입술을 지그시 깨물고 침통한 표정을 지을 뿐이다.

영신은 찬찬히 교단 위에 올라섰다. 그 얼굴빛은, 현기증이 나서 금방 쓰러지려는 사람처럼 해쓱해졌다.

아이들은 '선생님께서 무슨 말씀을 하시려고 저러시나?' 하고 저희들 깐에도 보통 때와는 그 기색이 다른 것을 살피고는, 기침 하나 아니 하고 영신을 쳐다본다.

영신은 입술만 떨며 얼른 말을 꺼내지 못하고 섰다. 사제 간의 정을 한칼로 베어 내는 것 같은, 마룻바닥에 그어 놓은 금을 내려다

보고, 그 금 밖에 오십여 명 아동이 옹기종기 모여 앉아서, 무슨 무서운 선고나 내리기를 기다리는 듯한 그 천진한 얼굴들을 바라볼 때, 영신은 눈시울이 뜨끈해지며 목이 막혀서 말을 꺼낼 수가 없다. 한참 만에야 그는 용기를 내었다. 그러다가 풀이 죽은 목소리로,

"여러 학생들, 조용히 들어요. 오늘은 선생님이 차마 하기 어려운 섭섭한 말을 할 텐데……."

하고 나서, 주저주저하다가

"저…… 금 밖에 앉은 아이들은 오늘부터 공부를…… 시킬 수가…… 없게 됐어요."

하였다. 청천의 벽력은 무심한 어린이들의 머리 위에 떨어졌다. 깜박깜박하고 선생님을 쳐다보던 수없는 눈들이 모두 꽈리처럼 똥그래졌다.

"왜요? 선생님, 왜 글을 안 가르쳐 주신대요?"

그 중에서 머리가 좀 굵은 아이가 발딱 일어나며 질문을 한다. 영신은 순순히 타이르듯이, '집이 좁아서 팔십 명밖에는 더 가르칠 수가 없게 되었다.'며 '올 가을에 새 집을 지으면, 꼭 잊어 버리지 않고 한 사람도 빼놓지 않고 불러 주마.'

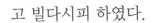

고 빌다시피 하였다.

"그럼 이 때까지는 어떻게 가르쳐 주셨어요?"

이번엔 목소리가 팬 남학생의 질문이 들어왔다. 영신은 화살이나 맞은 듯이 가슴 한복판이

뜨끔하였다. 그 말 대답을 못 하고, 머리가 핑 내둘려서 이마를 짚고 섰는데, 금 밖에 앉았던 아이들은 하나 둘, 앉은 채 엉금엉금 기어서, 혹은 살금살금 뭉치면서 금 안으로 밀려들어오다가,

"선생님!"

"선생님! 선생님!"

하고 연거푸 부르더니, 와르르 교단 위까지 뛰어오른다.

영신은 오십여 명이나 되는 아이들에게 에워싸였다.

"선생님!"

"선생님!"

"전 벌써 왔어요."

"뒷간에 갔다가 조금 늦게 왔는데요."

"선생님, 난 막둥이보다도 먼저 온 걸 차순이도 봤어요."

"선생님, 내일부터 일찍 올게요. 선생님보다 일찍 올게요."

"선생님, 좀 보세요. 절 좀 보세요! 이젠 아침도 안 먹고 올게요, 가라고 그러지 마세요. 네, 네?"

아이들은 엎드러지며 고꾸라지며 앞을 다투어 교단 위로 올라와서, 등을 밀며 넘어지는 아이에, 발등을 밟히고 우는 아이에, 가뜩이나 머리가 핑한 영신은 정신이 아찔아찔해서, 강도상 모서리를 잡고 간신히 서 있다. 제 몸뚱이로 버티고 선 것이 아니라, 아이들에게 포

위를 당해서, 쓰러지려는 몸이 억지로 떠받들려 있는 것이다.

"선생님!"

"선생님!"

아이들의 안타까운 부르짖음은 귀가 따갑도록 그치지 않는다. 그래도 영신은 눈을 내리감고, 아랫입술을 지그시 깨물뿐……

"내려들 가!"

"어서 내려들 가거라!"

"말 안 들으면 모두 내쫓을 테다."

하면서, 영신을 도와 주는 청년들이 아이들을 끌어내리고, 교편*을 들고 을러메건만*, 그래도 아이들은 울며불며, 영신의 몸에 찰거머리처럼 달라붙어서, 죽기로 기를 쓰고 떨어지지 않는다. 영신의 저고리는 수세미가 되고, 치맛주름까지 주르르 뜯어졌다. 어떤 계집애는 다리에 깍지를 끼고 엎드려 꼼짝을 못 하게 한다.

영신은 뜯어진 치마폭을 휩싸 쥐고, 그제야

"놔라, 놔! 애들아, 저리들 좀 가 있어. 원, 숨이 막혀서 죽겠구나."

하며, 몸을 뒤틀며 손과 팔에 매달린 아이들을 가만히 뿌리쳤다. 아이들은 한번 떨어졌다가도 혹시나 제가 빠질까 하고 다시 극성스레 달라붙는다.

*교편:학생을 가르칠 때 교사가 쓰는 회초리
*을러메다:억지로 우겨서 으르다.

이 광경을 본 교회의 직원들이 들어와서, 강제로, 금 밖에 앉았던 아이들을 예배당 밖으로 내몰았다. 사내아이, 계집아이 할 것 없이, 어머니의 젖을 억지로 뗀 것처럼, 눈이 빨개지도록 훌짝훌짝 울면서, 또는 흑흑 흐느끼면서 쫓겨 나갔다.

아이들의 등 뒤에서 이 정경을 바라보던 영신의 얼굴에 어리었던 눈물이 주르르 흘러내렸다. 영신은 그 눈물을 아이들에게 보이지 않으려고 소매로 얼굴을 가리며 돌아섰다. 한참이나 진정을 하고 나서는, 저희들 깐에도 동무들을 내쫓고 공부를 하게 된 것이 미안쩍은 듯이 머리를 떨어뜨리고 앉은 나머지 여든 명을 정돈시켜 놓고, 차마 내키지 않는 걸음으로 칠판 앞으로 갔다. 그는 새로운 과정을 가르칠 경황이 없어서,

"오늘은 우리 복습이나 하지."

하고, 교과서로 쓰는 '농민 독본'을 펴 들었다. 아이들은 독본에 있는 대로,

"누구든지 학교로 오너라."

"배우고야 무슨 일이든지 한다."

하고, 풀이 죽은 목소리로 외기를 시작한다.

영신은 그 생기없는 아이들의 목소리가 듣기 싫은데, '든 사람은 몰라도 난 사람은 안다.'고 이가 빠진 듯이 띄엄띄엄 벌려 앉은 교

실 한 귀퉁이가 빈 것을 보지 않으려고 유리창 밖으로 눈을 돌렸다.

창 밖을 내다보던 영신은 다시금 콧마루가 시큰해졌다. 예배당을 두른 야트막한 담에는 쫓겨 나간 아이들이 머리만 내밀고 족 매달려서, 담 안을 넘어다보고 있지 않은가! 고목이 된 뽕나무 가지에 닥지닥지 열린 것은 틀림없는 사람의 열매다. 그 중에도 키가 작은 계집애들은 나무에도 기어오르지 못하고, 땅바닥에 가 주저앉아서 훌쩍거리고 울기만 한다.

영신은 창문을 열어젖혔다. 그리고 청년들과 함께 칠판을 떼어,

담 밖에서도 볼 수 있는 창 앞턱에다 버티어 놓고, 아래와 같이 커다랗게 썼다.

"누구든지 학교로 오너라."

"배우고야 무슨 일이든지 한다."

나무에 오르고 담에 매달린 아이들은 일제히 입을 열어, 목구멍이 찢어져라고, 그 독본의 구절을 바라보고 읽는다. 바락바락 지르는 그 소리는 글을 외는 것이 아니라, 어찌 들으면 누구에게 발악을 하는 것 같다.

그러한 상태로 얼마 동안을 지냈다. 그래도 쫓겨 나간 아이들은 날마다 제 시간에 와서 담을 넘겨다보며 땅바닥에 엎드려 손가락이나 막대기로 글씨를 익히며 흩어질 줄 모른다. 주학과 야학으로 가르치고는 싶으나 저녁에는 부인 야학이 있어서 번차례*로 가르칠 수도 없었다.

'집을 지어야겠다, 무슨 짓을 해서든지 하루바삐 학원을 짓고 나가야겠다!'

영신의 결심은 나날이 굳어 갔다. 그러나 그 결심만으로는 일이 되지 못하였다. 그는 원재와 교회일을 보는 청년들에게 임시로 강습하는 일을 맡기고는 청석 학원 기성회 회원 방명부를 꾸며 가지고 다시 돈을 청하러 나섰다. 짚신에 사내처럼 감발*을 하고는 오

*번차례 : 서로 돌아가며 오는 차례
*감발 : 버선 대신 발에 감는 좁고 긴 무명

늘은 이 동리 내일은 저 동리로 산을 넘고 논길을 헤매며 단 10전 20전씩이라도 기부금을 모으러 다녔다.

푹푹 찌는 삼복 중에 인가도 없는 심산 궁곡*으로 헐떡거리며 돌아다니자면 목이 타는 듯이 조갈이 나는 때도 많았다. 논 귀퉁이 웅덩이에 흥건히 괸 물을 손으로 떠서 마시기도 하고 어떤 때는 긴긴해에 점심을 굶어 시장기를 이기지 못하고 더운 김이 후끈후끈 끼치는 풀밭에 행려 병자와 같이 쓰러져서 정신을 잃은 때도 있었다.

촌가로 찾아 들어가면 보리밥 한 술이야 얻어먹을 수가 없는 것은 아니건만 굶으면 굶었지 비렁뱅이처럼 '밥 한술 줍쇼.' 하기까지는 자존심이 허락을 하지 않았던 것이다. 그러다가는 저녁까지도 굶고 눈이 하가마*가 되어서 캄캄한 밤에 별만 대중해서 방향을 잡고 오는 날도 겅성드뭇하였다*. 집에까지 죽기로 기쓰고 기어들어와 턱 눕는 것을 보면 원재 어머니는,

"아이고 채 선생님 이러다간 큰 병 나시겠구료. 사람이 성하구서야 학원 집이고 뭣이고 짓지 원 가엾어라. 아주 초주검이 되셨구료."
하고는 영신의 팔다리를 주물러 주고 더위를 먹었다고 영신환을 얻어다 먹이고 하였다. 그렇건만 기부금을 적은 명부를 펴 보면 하루에 40전 50전, 끽해야 이삼십 원밖에는 적히지를 않았다.

*심산 궁곡 : 깊은 산 속의 으슥한 골짜기
*하가마 : 머리에 쓰는 쓰개
*겅성드뭇하다 : 많은 것이 듬성듬성 흩어져 있다.

원재 어머니는 이태 동안이나 영신이와 한집에서 살고 밥을 해 주는 동안에 글을 깨치고 쉬운 한문자까지도 알아보게 된 것이다. 그는 영신의 감화를 받아 교회의 권사 노릇까지 하게 되었고 영신이가 와서 발기한 부인 친목계의 서기 겸 회계까지 보게 되었다. 그래서 영신과 정도 들었거니와 그를 천사와 같이 숭앙하고* 친절을 다하는 터이다.

청석동 강습소가 폐쇄를 당할 뻔하였다는 것과 기부금을 모집하러 다닌다는 소식을 영신의 편지로 안 동혁은,

건강을 해치도록 너무 무리하게는 일을 하지 마십시다. 우리는 오늘만 살고 말 몸이 아니기 때문이외다. 그저 칡덩굴처럼 줄기차게 뻗어 나가고 황소처럼 꾸준하게만 우리의 처녀지*를 갈며 나서면 끝나는 날이 있을 것입니다.

하고 몇 번이나 간곡히 건강을 주의하라는 편지가 왔다. 그러나 그러한 편지는 도리어 달리는 말에게 채찍질을 하는 듯 영신으로 하여금 한층 더 용기를 돋우게 하고 분발하게 하는 원동력이 되었다.

* 숭앙하고 : 우러러 보고
* 처녀지 : 사람이 이용하지 않은 자연 그대로의 땅

그는 생각다 못해서 기부금을 10원이고 20원이고 적어 놓고 이 핑계 저 핑계로 내지 않는, 근처 동리의 밥술이나 먹는 사람들을 다시 한번 찾아다녔다. 그 중에도 번번이 따고* 면회를 하지 않는 한낭청이란 부잣집에는

'어디 누가 못 견디나 보자.'

하고 극성맞게 쫓아가서는 기어이 젊은 주인을 만나 보고 급한 사정을 하였다. 그러나,

"여보 이건 빚 졸리기보덤 더 어렵구료. 글쎄 지금은 돈이 없다는데 바득바득 내라니, 그래 소 팔구 논 팔어서 기부금을 내란 말요? 원 우리 집 자식들이 한 놈이나 강습손가 허는 델 댕기기나 허나?"

하고 배를 내민다.

영신은 참다 못해서 속으로,

'예에끼 제 뱃대기밖에 모르는 놈 같으니 그래도 술 담배 사 먹는 돈은 있겠지.'

하고 사랑 마당에다가 침을 탁 배앝고 돌아선 때도 있었다. 이래저래 영신은 근처 동리의 소위 재산가 계급에서는 인심을 몹시 잃었다.

"어디서 떼들어온 계집이 그 뻔세야. 기부금에 병풍 상성*을 해서 쏘댕기니. 원, 나중엔 별꼴을 다 보겠군."

하고 귀먹은 욕을 먹었다. 그와 동시에 주재소에서는 주의를 시켰

*따다 : 찾아온 사람을 핑계 대고 만나 주지 않다.
*병풍 상성 : 병으로 인해 본성을 잃어버림

는데도 또 기부금을 강청한다고 다시 말썽을 부리게 되었다.

청석골서 한 10리쯤 되는 흑석리라는 동리에 그 근처서 제일 가는 부명*을 듣는 한낭청 집에서는 주인 영감의 환갑 잔치가 열렸다. 한낭청은 한곡리의 강도사 집보다도 몇 곱절이나 큰 부자로(천석도 넘겨 하리라는 소문이 난 지도 여러 해나 되었다.) 근처 동리를 호령하는 지주다.

"큰 소를 한 마리나 잡아 엎었다더라." "읍내서 기생하고 광대를 불러다가 소리를 시키고 줄을 걸린다더라……."

인근 각처에 소문이 굉장히 퍼졌다. 청석골서도 그 집의 논을 하는 작인들은 물론 갓을 빌려 쓰고 두루마기를 입은 늙은 축들이 10여 명이나 떼를 지어 구경을 갔다. 여편네들도 풀을 세게 먹여서 버석거리는 치마를 뻣질러 입고 그 뒤를 따랐다. 소를 통으로 잡아 엎고, 기생, 광대까지 놀린다는 것은, 이 궁벽한 시골서 구경거리에도 주린 그네들에게 있어서, 몇십 년에 한번 만날지 말지 한 좋은 기회다.

'떵기덩 떵기꿍.' '닐리리 닐리리 쿵다쿵.' 한낭청 집 널따란 사랑 마당 큰 느티나무 밑에는, 차일*을 치고 마당 양 귀퉁이에는 작수를 받치고 팔뚝 같은 굵은 참밧줄을 핑핑히 켕겨 놓았는데, 갓을

*부명 : 부자라는 말이나 소문
*차일 : 햇볕을 가리기 위해 치는 포장

삐딱하게 쓴 늙은 풍악쟁이들이 북, 장구, 피리, 젓대, 깡깡이 같은 제구를 갖추어 풍악을 잡히기 시작한다. 주인 영감이 큰상을 받은 것이다. 덧문을 추녀 끝에 추켜 단 큰사랑 대청에는 군수의 대리로 나온 서무 주임 이하 면장, 주재소 주임, 금융 조합 이사, 보통 학교 교장 같은 양복쟁이 귀빈들은 물론, 일가 친척이 각처서 구름같이 모여들어서 툇마루 끝까지 그득이 앉았다. 교자상*이 뭇뭇이* 나와서, 주전자를 든 아이들은 손님 사이를 간신히 비비고 다닌다.

읍내서 자동차로 사랑 놀음에 불려 온 기생들은(기생이라야 요리집으로 팔려온 작부들이지만) 인조견 남치마에 무릎을 세우고 앉아서 풍악에 맞추어,

"만수산 만수봉에 만년 장수 있사온데, 그 물로 빚은 술은 만년배에 가득 부어, 이삼 배 잡수시오면 만수 무강 하오리다."
하고 권주가를 부른다.

주인의 오른편에서 노란 수염을 꼬아올리고 앉았던 면장은,

"사, 간상 드시지요. 사, 이께다 상."
하고 커다란 은잔을 들어 주인과 주재소 수석에게 권한다. 10여 년이나 면장 노릇을 하면서도 한 획 가로 긋고 두 획 내려 그은 것이 '사' 자인 줄도 모르건만 긴상 복상은 곧잘 부를 줄 안다. 달리 부를 수가 있는 자리에도 '상' 자를 붙이는 것이 고작 가는 존대가 되

*교자상 : 명절이나 잔치때 음식을 올려 내놓는 상
*뭇뭇이 : 각각 여러 뭇으로

는 줄 아는 모양이다.

난홍이라고 부르는 기생은 잔대를 들고 노란 치잣물 같은 약주가 찰찰 넘치는 잔을 들어 손들이 권하는 대로 주인 영감에게 받들어 올린다. 한낭청은 반백이 된 수염을 좌우로 쓰다듬어 올리고, 그 술이 정말로 불로장생의 선약이나 되는 듯이 높이 들어 쭉 들이마시곤 한다. 깍짓동*처럼 뚱뚱해서 두 볼의 군살이 혹처럼 너덜너덜하는 한낭청에게, 버드나무 회초리 같은 계집들이 착착 부닐면서 아양을 떠는 것도 한 구경거리다.

이윽고 풍류 소리와 함께, 헌화하는 소리와 웃음소리가 일어난다. 술 주전자를 들고 혹은 진 안주 마른 안주를 나르는 사내 하인과 계집 하인이 한 안중문으로 풀방구리*에 쥐 드나들 듯 하는 동안에, 주객이 함께 술에 취하였다.

아침부터 안대청에서 자녀질들이 헌수하는 술을 마시고 거나하게 취해 나온 한낭청은 사방 30센티미터나 됨직한 얼굴이 당호박처럼 시뻘겋게 익었다. 그 얼굴에다가 조그만 감투를 동그마니 올려놓은 것이 족두리를 쓴 것 같아서, 기생들은 아까부터 저희끼리 눈짓을 해 가며 낄낄대고 웃었다.

주인과 늙은 손들은 무릎 장단을 치며 시조를 부르다가 서로 수염을 꺼두르며 기롱*을 하기 시작하고, 체면을 차리고 도사리고 앉

*깍짓동 : 몹시 뚱뚱한 사람의 몸집을 빗댄 말
*풀방구리 : 풀을 담아 놓은 작은 질그릇 *기롱 : 실없이 농담을 함

앉던 면장도, 분을 횟박같이 뒤집어쓴 기생들의 뺨을 손등으로 어루만지며 음탕한 소리까지 하게 되었다.

"여봐라, 큰애 어디 갔느냐?"

한낭청은 위엄 있게 불렀다. 뒤처져 온 손들의 주안상을 분별하던 큰아들이 올라와 두 손길을 마주 잡았다.

"여민 동락이라니, 저 손들도 얼른 내다 먹여라. 취토록 먹여. 오늘 내 집에 술이야 떨어지겠느냐."

하고는 뜰 아래에 쭈그리고 앉고, 혹은 멀찌감치 돌아서서 담배를 태우는, 늙은 작인들을 턱으로 가리키며 분부를 내렸다.

머슴들은 바깥 마당에다가 멍석을 죽 폈다. 막걸리가 동이로 나오는데, 안에서는 고기 굽는 냄새가 코를 찌르건만 그네들의 안주는 콩나물에 북어와 두부를 썰어 넣고 멀겋게 끓인 지짐이와, 시루떡 부스러기뿐이다. 그러나 그것도 매방앗간에, 지난 밤부터 진을 치고 있던 장타령꾼들이 수십 명이나 와르르 달려들어 아귀다툼을 해 가며 음식을 집어 들고 달아났다.

삼현육각*이 잦은 가락으로 영산회상*을 아뢰고, 광대가 막 줄을 타고 올라설 때였다. 구경꾼이 물결치듯 하는데, 거진 오륙십 명이나 됨직한 올망졸망한 아이들이 여선생의 인솔로 큰대문 안으로 들어온다. 그 여선생은 영신이었다. 학원을 지으려는 데만 열중한 그

*삼현육각 : 삼현(거문고, 가야금, 향비파), 육각(북, 장구, 해금, 피리, 한쌍의 태평소)
*영산회상 : 석가 여래가 설법하던 영산회의 불보살을 노래한 악곡

는, 그 전날도 기부금을 걷으려고 30리 밖 장거리까지 갔다가 날이 저물어서, 그 곳 교인의 집에서 묵고, 아침에 떠나서 오는 길에 서너 집이나 들르느라고 점심때도 겨워서 흑석리 동구 앞까지 당도하였다. 청석골서 아직도 담을 넘겨다보며 글을 배우고, 땅바닥에 글씨를 익히고 하던 아이들은, 점심들을 먹으러 가는 길에, 채 선생이 오는 것을 신작로에서 먼 발치로 보고는,

"얘, 저기 우리 선생님이 오신다."

한 아이가 외치자, 여러 아이들은,

"선생님!"

"선생님!"

하고 부르며 앞을 다투어 달려왔다. 여기저기로 흩어져 가는 동무들까지 소리쳐 불러서 어느 틈에 삼사십 명이나 영신을 둘러쌌다. 비록 하룻동안이라도 떠나 있다가 타동에서 만나니까, 피차에 몇 달 만에 얼굴을 대하는 것만큼이나 반가웠다. 영신이,

"너희들은 먼저들 가거라. 난 저 기와집엘 댕겨갈 테니……."

하고 떼치려니까, 아이들은,

"나두 가유."

"선생님, 우리두 갈 테유."

하고 뒤를 따른다. 영신은 그 집에 오늘 잔치가 벌어진 줄은 까맣게

몰랐건만, 어른들에게 말을 들은 아이들은, 선생님이 한부잣집 잔치에 청좌를 받고 가는 줄만 여기고 속셈으로는 음식을 얻어먹으려고 기를 쓰고 대서는 것이다.

한낭청은 체면에 못 이겨서, 또는 취중에 자기 손으로 기부금을 50원이나 적었었다. 그런 지가 벌써 돌이 돌아오건만, 요리조리 핑계를 하고 오늘날까지 한 푼도 내지를 않아서, 요전번처럼 영신에게 창피까지 당하였었다.

50원짜리가 가장 큰 머리라 영신은 그 돈으로 우선 재목이라도 잡아 보려고, 10여 차나 그 집 문지방을 닳린 것인데, 근자에 와서는 부자가 다 안으로 피하고 만나 주지도 않을 뿐더러, 도의원 후보자로 군내에 세력이 당당한 한낭청의 맏아들은, 채영신이 기부금을 강청해서 주민들의 비난하는 소리가 높다고, 경찰서에 가서 귀를 불었기 때문에, 영신이가 주재소까지 불려 가서 설유*를 톡톡히 받았었고, 강습하는 아동이 제한당한 것만 하더라도 그 여파인 것이 틀림없었다. 그럴수록 영신은

'어디 누가 견디나 보자.'

하고 단단히 별러 오던 터인데, 가는 날이 장날이라고, 하필 한낭청의 환갑날 또다시 찾아가게 된 것이다. 그 집에 잔치가 있어서, 동네 어른들도 많이 갔다는 말을 비로소 아이들에게 들은 영신은,

*설유 : 말로 타이르는 것

"옳다꾸나 마침 잘됐다. 오늘이야 설마 아니 만나진 못하겠지."
하고 아이들이 따라오는 것을 굳이 말리지는 않았다.

"여차즉 하면 만인 좌중에 그 돼지 같은 영감쟁이 고작*을 들었다
놓으리라."
하고는, 일종의 시위 운동도 될 듯해서 조무래기는 쫓아 보내고, 머
리 굵은 아이들을 20명 가량만 추렸다. 그러나 큰 구경이나 빼어
놓고 가는 줄 알고,

"나두 나두."
하고 계집아이들까지 중간에서 행렬에 달라붙고 하여서 그럭저럭
오륙십 명이나 따라오게 된 것이다. 영신은,

"그 집에서 음식을 주더래도, 너희들은 받아 먹거나 싸 갖고 가선
안 된다."
하고 단단히 단속을 하였다. 그러면서도 한낭청 집의 솟을대문이
바라보이는 큰마당 터까지 와서는,

"칩칩하게 음식이나 얻어먹으러, 애들까지 데리고 오는 줄이나
알지 않을까? 아무튼 그 집에 경삿날인데 우루루 몰려가는 건 체면
상 좀 재미 적은걸."
하고 두 번 세 번 돌쳐설까 하고 망설였다.

"가뜩이나 나를 못 믿겠다는데, 아주 쌍스런 여자나 흑작질꾼으

*고작 : 상투

로 치부를 하면 어떡하나?"

하고 뒤를 사리려고 하다가,

　"계획적으로 하는 일이 아닌 담에야 내친 걸음에 여기까지 왔다가 돌아서는 것도 비겁하다."

하고 용기를 돋워 가지고 대문 안으로 들어섰던 것이다.

　광대가 꽃부채를 펴들고 몸을 꼬느면서 줄을 타고, 앉았다 일어섰다 용춤을 추다가 아래서 어릿광대가,

　"여봐라 말 들어라."

하고 먹이면, 줄 위에 광대는,

　"오오냐, 말만 던져라."

하면서 재담을 주고받는다.

　"높은 산에 눈 날리듯 얕은 산에 재 날리듯 억수 장마 비 퍼붓듯 대천 바다 조수 밀듯."

하고 이 댁에 돈과 곡식이 쏟아지고 밀려들라고 덕담을 늘어놓으면, 기생들은 대청 위에서,

　"얼시구 좋다 절시구 지화자 좋다 저리시구."

하고 팔을 벌리고 어깨를 으쓱거리며, 아장아장 주인의 앞으로 대섰다 물러섰다 하면서, 덩실덩실 춤을 춘다. 그 판에 영신의 일행은 사랑 대문 안으로 들어갔다. 마당의 빈객들은,

"이거 별안간 웬 아이들야?"

하고 서로 술 취한 얼굴을 돌려다보는데 줄 위에 오른 광대는, 아이들이 발바닥 밑으로 우루루 달려드는 사품에, 깜짝 놀라서 하마터면 발을 헛딛고 떨어질 뻔하였다.

영신이도 잠시 어리둥절해서 당상 당하*를 둘러보다가, 여러 사람의 눈총을 한몸에 받으면서 댓돌 아래로 가서 섰다. 몹시 불쾌한 낯빛으로,

'저 딱정떼가 또 뭣하러 왔을까'

하고 영신의 행동을 말없이 보고 섰던 도의원 후보자는 여러 사람 앞이라 주인의 체모를 차리느라고 영신의 앞으로 와서, 형식적으로 머리를 숙여 보이며,

"아 사이상이 어떻게 오셨습니까? 원 하두 정신이 쓰라려서 미처 청첩도 못 했는데……."

하고 작은 사랑편으로 올라가라고 손바닥을 펴대며 인도를 한다. 영신은 될 수 있는 대로 공손히 예를 하고는,

"네, 고맙습니다. 올라가지 않아도 좋습니다."

하고 마주 굽실거리다가 큰마루 위로 향해서 늙은 주인도 들으라는 듯이,

"우리는 불청객이올시다. 그렇지만 오늘 같은 경사스러운 날, 멀

*당상 당하 : 대청마루의 위와 아래

지 않은 동네에 살면서, 주인 영감께 축하의 말씀 한 마디도 아니 드릴 수가 없어서 오는 길에, 아이들까지 이렇게 따라왔습니다."

하고 만취가 된 한낭청을 똑바로 쳐다본다. 늙은 주인은 정신이 몽롱한 중에도 영신을 알아본 듯 개개풀린 눈자위로 마당 가득히 들어선 아이들을 내려다보더니,

"허어, 귀한 손님들이로군. 조것들꺼정 내 환갑날을 어떻게 알았던고."

하고 수염을 내려쓰다듬으며 매우 만족한 웃음을 웃고는,

"큰애 게 있느냐?"

하고 위엄 있게 큰아들을 불러 세우더니 아이들을 먹일 음식상을 차려 내오라고 명령한다.

"아니올시다, 우리는 음식을 먹으려고 오질 않았습니다."

하고 영신은 손을 내저었다. 젊은 주인은 어쩐지 행세가 불온해서 속으로는 적잖이 켕기건만,

"모처럼 이렇게 오셨는데, 도무지 차린 게 변변치 않아서……."

하고 어름어름하다가 돌아서며, '저 숱한 애들을 뭘 다 노나 먹인담.' 하고 군소리를 하며 안으로 들어갔다. 마루 위의 손들이 파흥이 된 것을 불쾌히 여기는 눈치를 채고, 한낭청은 기둥을 붙들고 일어서며,

"아아니, 광대놈들은 뭘 하는 셈이냐?"

하고 역정을 낸다. 풍악 소리는 다시 일어나고, 광대는 비실거리며 줄을 걷는다. 마당 가장자리에 조옥 둘러앉은 아이들은, 광대가 줄을 타고 달리다가 뒷걸음을 쳤다가 하는 것을 정신 없이 쳐다본다. 그 중에도 계집애들은 간이 콩만해지는 듯,

"에그머니! 저러다 떨어지면 어쩌나."

하고 아슬아슬해서 손에 땀을 쥔다. 영신도 광대가 줄을 타는 것을 처음 보아서 그편을 쳐다보고 섰는데, 이 집의 머슴들은 장타령꾼과 머슴애들이 먹던 그릇을 말끔 몰아 가지고 들어갔다.

조금 뒤에는 그 사발 대접을 부시지도 않고, 고명도 없는 밀국수에 장국 국물을 찔금찔금 쳐 가지고 나와서는, 그나마 두세 명에 한 그릇씩 안긴다. 그것을 본 영신은 크나큰 모욕을 느끼고, 금시 눈에서 불이 나는 듯 두 손으로 허리를 짚으며,

"여보, 우린 그런 음식 안 먹소!"

하고 꾸짖듯 하고는 머슴들의 앞을 딱 가로막아 섰다. 어떤 아이는 일러 준 말을 잊어 버리고 국수 그릇에 손을 내밀다가, 옴찔하고 선생의 눈치를 살핀다.

"아, 왜 이러시나요? 준비한 건 없지만, 원 주인된 사람이 무안허군요."

젊은 주인은, 영신의 기색이 심상치 않은 것을 보고 얼더듬는다. 그 태도는 기부금을 못 내겠다고 버티던 때와는 딴판이다.

한편에서는 배불리 얻어먹은, 장타령꾼의 두목인 듯한 부대 조각을 두른 자가, 안중문으로 들이대고 헛기침을 튀튀 뱉더니,

"얼씨구 들어왔네. 품 품 품바바. 작년에 왔던 각설이 죽지두 않구 또 왔소……. 냉수동이나 마셨느냐, 시원시원 잘두 헌다. 뜨물동이나 들이켰나 걸직걸직 잘두 한다."

하고 곤댓짓*을 하니까, 머리를 충충 땋아늘인 총각 녀석이 뒤를 대어,

"에! 하늘 천 자를 들구 봐, 자시에 생천하니 호호탕탕 하늘 천, 축시에 생지하니 만물 창생 따아 지."

하고 천자 뒤풀이를 청승맞게 한다.

광대는 줄에서 뛰어내려, 땅재주를 훌떡훌떡 넘다가,

"사부댁 존전에 그저 처분만 바랍니다."

하고 댓돌* 위로 홍선*을 펴 들고, 기생들에게 눈짓을 슬쩍 한다. 기생들은 그 눈치를 약빨리 채고,

"아이고 영가암, 몇 장 처분해 줍쇼그려어."

하고 화롯가에 붙인 촛가락처럼, 이리 곤드라지고 저리 곤드라지는 양복쟁이들의 옆구리를 찌른다. 그것을 본 한낭청은,

*곤댓짓 : 뽐내어 우쭐거리며 하는 고갯짓
*댓돌 : 집채의 앞뒤에 오르내리기 위해 만든 돌층계, 섬돌이라고도 함
*홍선 : 옛 방문 앞에 걸려 있는 현판

"옛다, 그래라. 이런 때 돈 못 쓰면 저승에 가 쓰겠느냐."

하고 새빨간 염낭*을 끄르더니, 지전 한 장을 집히는 대로 꺼내서, 광대의 얼굴에다 끼얹듯이 내던진다. 가랑잎처럼 댓돌 아래로 떨어지는 것은, 언뜻 보기에도 1원짜리는 아니다. 어릿광대는 지전을 집어들고 주인에게 수없이 합장을 하며, 덩실덩실 춤을 추다가 그 수없는 사람의 손때가 묻은 지전을, 입에다 물고 배운 재주는 다 부리는데, 대청 위에서는 기생들이 손들과 어우러져 춤을 추기 시작한다.

그 광경을 물끄러미 바라다보고 섰던 영신의 눈은 점점 이상한 광채가 돌기 시작한다. 한낭청은 첩에게 부축이 되어 비틀거리고 안으로 들어가다가 아이들이 그저 마당에 가 쪼그리고 앉은 것을 보고, 혀꼬부라진 소리로,

"쟤 쟤들은 왜 여태 저 저러구 앉었느냐."

하고 만경이 된 것 같은 두 눈의 흰자위를 굴리며 영신을 내려다본다. 영신은 마당 한복판으로 썩 나섰다.

"우리들이 댁에 뭘 얻어먹으러 온 줄 아십니까?"

그 목소리는 송곳 끝 같다.

"그 그럼 뭐 뭘 허러 왔노?"

"돈을 하도 흔하게 쓰신다길래 여기 손수 적어 주신 기부금을 받으러 왔습니다!"

*염낭 : 입구에 잔주름을 잡고 끈 두 개를 좌우로 꿰어서 여닫게 된 작은 주머니

영신은 주인을 똑바로 쳐다보며, 기부금 명부를 싼 책보를 끄른다. 낭청은,

"기부금? 아 그래 쇠털 같은 날에, 하 하필 오늘날 성군작당*을 하구 와서 내란 말야? 기 기부금에 거 걸신이 들렸군."

하고 사뭇 호령을 하고는 돌아서려고 든다. 영신은 뚱뚱보의 앞을 떡 가로막아 서며,

"안 됩니다, 오늘은 만나 뵌 김에 천하 없는 일이 있어도, 받아 가지고야 갈 텝니다."

하고 여무지게 목소리를 높인다. 손들과 구경꾼들이며 기생 광대할 것 없이 어안이 벙벙해서 여선생을 주목한다. 영신은 마당 가득 찬 여러 사람을 향해서,

"여러분, 이런 공평치 못한 일이 세상에 있습니까? 어느 누구는 자기 환갑이라고 이렇게 질탕히 노는데, 배우는 데까지 굶주리는 이 어린이들은, 비바람을 가릴 집 한 칸이 없어서, 그나마 길바닥으로 쫓겨났습니다. 원숭이새끼처럼 담이나 나뭇가지에 가 매달려서, 글 배우는 입내를 내고요, 조 가느다란 손가락의 손톱이 닳도록, 땅바닥에다

*성군작당 : 여러 사람이 모여 떼를 지음

글씨를 씁니다."

하고 얼굴이 새빨개지며 목구멍에 피를 끓이는 듯한 어조로,

"여러분, 이 아이들이 도대체 누구의 자손입니까? 눈에 눈물이 있고 가죽 속에 붉은 피가 도는 사람이면, 그 술이 차마 목구멍으로 넘어갑니까? 기생이나 광대를 불러서 세월 가는 줄 모르고 놀아도, 이 가슴이…… 양심이 아프지 않습니까?"

하고 부르짖으며 저의 앙가슴을 주먹으로 친다. 손들은 도가 넘도록 취했던 술이 당장에 깬 듯, 서로 얼굴만 쳐다보는데 한낭청은 어느 틈에 안으로 피해 들어가고, 젊은 주인은 영신의 앞을 막아서며,

"사이상(채선생)은 이거 어느 새 망령이시구료. 오늘 같은 날 참으시지요. 일이 잘못됐으니, 그저 참어 주세요. 그 돈은 저녁 안으로 꼭 보내 드리리다."

하고 말씨가 명주 고름 같아지며, 머리를 수없이 숙여 보인다.

영신은 흥분을 가라앉히느라고 숨만 가쁘게 쉬고 섰는데, 처음부터 누마루 한 구석에 앉아서 영신의 행동을 노리고 내려다보던 주재소 수석의 눈은 점점 날카롭게 빛났다.

……그 날 저녁부터 일주일 동안이나 영신은 경찰서 유치장 마룻방에서 새우잠을 잤다. 분서까지 끌려가서 구류를 당하던 경과며, 그 까닭은 오직 독자의 상상에 맡길 뿐이다. 동혁은 청석골이 가 보

고 싶었다. 날이 가고 달이 바뀔수록, 사랑하는 사람과 그가 활동하는 모양이 보고 싶었다.

날마다 이 일 저 일에 얽매여서 잠자는 시간밖에는 공상할 틈조차 없기는 하지만, 일을 하다가도 길을 걷다가도 무뜩무뜩 영신의 생각이 나면, 손을 쥐고 발을 멈추고 넋을 잃은 사람처럼 멍하니 하늘을 쳐다보는 습관이 부지중에* 생겼다.

'그가 꿈결같이 다녀간 지가 언제이든가' 하면 적어도 사오 년은 된 성싶었다. 편지만은 끊임없이 내왕이 있었는데, 최근에는 웬일인지 열흘이 훨씬 넘도록 영신의 소식이 끊어져서, 여간 궁금히 지내지를 않았다.

그러다가 일전에야 기다란 편지가 왔는데 한낭청이란 부잣집에 기부금을 걷으러 가서 창피를 당하고 분풀이를 실컷 하다가, 일주일 동안이나 고초를 겪었다는 것과 앞으로는 기부금 명부에 이름을 적은 사람에게도 자발적으로 주기 전에는 독촉도 하지 못하게 되었고, 예배당 문까지 닫으라고 딱딱 을러메는 것을 간신히 양해를 얻기는 했으나 무슨 수단을 써서든지 청석 학원 하나는 기어이 짓고야 말겠다고 새로운 결심을 보인 사연이었다.

그러면서도 한번 구경이라도 와 달라는 말은 비치지도 아니한다. 반드시 청좌를 해야만 갈 것이 아니지만, 그래도 혹이나 와 달랄까

*부지중에 : 알지 못하는 사이에

하고 동혁은 편지마다 은근히 기다렸다. 그러나 오는 편지마다 판에 박은 듯한 사업 보고요, 고생하는 이야기뿐이다. 동혁은 그런 편지를 받을 적마다 '나도 어지간히 버티는 패지만, 나보다도 한술 더 뜨는 걸.' 하고 편지를 동댕이치는 때도 있었다. 가기만 하면야 반가이 맞아 줄 것은 물론이나 사실 내왕 노자*도 어렵고 벼르고 별려서 간댔자 급한 볼일 없이 며칠 동안이나 버정거리다가 오기는 싱겁고 멋적은 일일 것 같았다.

첫째 남자 친구를 찾아가는 것과 달라서 하룻밤이나마 묵을 데도 만만치 않을 듯하고, 둘이 함께 얼려다니고 마주 붙어 앉아 이야기라도 하며, 노처녀인 영신이 제가 당한 것보다도 곱절이나 부질없는 놀리움을 받을 것도 상상되었다. 그래서 '좋은 기회가 올 때까지 꾹 참자.' 하고 피차에 일하는 것밖에 다른 생각은 아주 책장을 덮어 두자고, 몇 번이나 마음을 단단히 먹었다. 그러나 늙은 총각의 가슴 속에 한번 호되게 불어당긴 사랑의 불길은 의식적으로 참고 억지로 누른다고 쉽사리 꺼질 리가 없었다. 시뻘건 정열이 휘발유를 끼얹은 듯이 확 하고 붙어당길 때는, 머리끝까지 가맣게 그슬릴 것만 같다. 그럴 때면,

'일이다, 일. 그저 들고 일만 하는 것이, 그와 완전히 결합될 시기를 지루하게 기다리는 동안의 최면제도 되고 강심제도 된다.'

*내왕 노자 : 여행 중 오고 갈 때 드는 돈

하고 식전부터 오밤중까지도 동네일과 집안일로 몸을 얽어매었다. 돈 있는 집 자식들이 몸뚱이가 아편쟁이처럼 비비틀리도록 무료한 세월을 술과 계집 속에 파묻혀서 보내려고 드는 것처럼…….

그래도 억제하기 어려운 청춘의 본능이 피곤한 육체를 괴롭게 굴 때에는, 누웠다가도 벌떡 일어나 밖으로 뛰어나갔다. 아랫도리까지 발가벗고 냉수를 끼얹고는, 엇둘 엇둘 하고 체조를 한바탕 하고 들어와서, 이불을 푹 뒤집어쓰고 눈을 딱 감으면 한결 잠이 쉽게 들었다.

한편으로 그가 영신을 될 수 있는 대로 호의로써 이해하려는 것도 물론이다. 그만한 나이에 다른 여자들 같으면 몸치장이나 하기에 눈이 벌겋고, 돈 있고 소위 사회에 명망이 있는 신사와 결혼을 못 하면, 첩이라도 되어서 문화 생활을 할 공상과, 그렇지 않더라도 도회지에서 땀 아니 흘리는 조촐한 직업도 없지 않건만, 유독 채영신에게는 다만 한 가지 허영심이 있는 것을 잘 알고 있다. '나는 못 속이지.' 하고 동혁이가 자신 있게 맥을 짚어 본 것은 다른 것이 아니다.

'청석 학원을 온전히 저 한 사람의 힘으로 번듯하게 지어놓고, 교장 겸 고쓰까이(소사) 노릇까지 하더라도, 내가 이만한 사업을 하고 있노라.' 하고 백현경이나 다른 농촌 운동자들에게 보여 주고 애인

인 저에게도 자랑하고 싶은 그 허영심만이 충만한 것이 틀림없으리라 하였다. 그러니까 자기의 사업의 기초는 어느 정도까지 잡혔더라도, 외형으로 눈에 번쩍 띄는 것을 만들어서 보여 주기 전에는, 저를 청석골로 부르지 않으려는 그 여자다운 심리가 들여다보이는 것 같았다.

한곡리의 안산인 소대갈산 마루터기에 음력 7월의 초생달은 명색만 떴다가 구름 속으로 잠겼는데, 동리 한복판인 은행나무가 선 언덕 위에는, 난데없는 화광*이 여기저기 일어난다. 농우회의 열두 회원들은 단체로 일을 할 때면 입는 푸른 노동복 저고리를 입고, 수건으로 머리를 질끈 동이고 모여 섰다. 동혁이 형제와 건배는 기다란 장대에 솜방망이를 단 것을 석유를 찍어 가며 넓은 마당을 밝히고 섰는데, 바람결을 따라 석유 그을음 냄새가 근처 인가에까지 훅훅 끼친다.

"자, 시작하세……."

동혁의 명령이 한 마디 떨어지자, 회원들은 굵다란 동아줄을 벌려 잡았다.

"에에 헤에라 지경요……."

열두 사람의 목소리가, 목구멍 하나를 통해서 나오는 듯, 우렁차게 동네 한복판을 울리자, 커다란 지경돌*이 반길이나 솟았다가 쿵

*화광 : 타는 불의 빛
*지경돌 : 집터를 다질 때 쓰는 돌

하고 떨어지면 잔디를 벗겨 놓은 땅바닥이 움푹움푹하게 패어 들어간다. 여러 해 별러 오던 농우회의 회관을 지으려고 오늘 저녁에 그 지경을 닦는 것이다. 회원들의 마음은 여간 긴장되지 않았다. 자자손손이 대를 물려가며 살려는 만년 주택을 짓기 시작하는 것과 조금도 다름이 없는 생각으로, 자기네들이 웅거할 회관을 지으려는 것이다.

달구질* 소리가 들리자, 야학을 다니는 아이들과 동네 사람들이 하나 둘씩 모여든다. 아직도 이 골에는 누구나 집을 지으면 터닦는 날과 새를 올리는 날은 품삯을 받지 않고 대동이 풀려서 일을 보아 주는 습관이 있어서, 회원들 외에 어른들과 아이들이 벌써 수십 명이나 들러붙었다.

"에이 헤에라, 지경요……."

"에에 헤에라, 지경요……."

고요한 바닷가의 저녁 공기를 헤치는 달구질 소리는 점점 더 커지는데, 큰말 편에서 징, 장구, 꽹과리를 뚜드리는 소리가 가까이 들려 온다. 여러 사람은 잠시 팔을 쉬고 그 편을 바라본다.

레인 코트(우장 옷)의 허리띠를 졸라맨 기만이가 저의 집 머슴꾼이며 작인들을 말끔 풀어서 술까지 취토록 먹인 뒤에, 두레*를 떡 벌어지게 차려 가지고 오는 것이다. 높이 든 깃발은 선들바람에 펄

*달구질: 집터를 다지는 것
*두레: 농번기에 서로 돕기 위해 이룬 모임

펄 날리는데

'깽무깽, 깽깽, 깽무깽무깨 깽깽'

상쇠잡이가 앞장을 서고 '떵떵 떵더꿍 떵기떵기 떵더꿍' 장구잡이는 뒤를 따른다. 징 소리는 점잖이 꽈웅, 꽈웅 하고 이슬이 흠씬 내린 잔디밭과 들판으로 퍼지다가 지는 그 여운이 웅숭깊다.*

마중을 나간 솜방망이 불빛에 컴컴한 공중으로 우뚝 솟아 너울거리며 다가오는 것은, 2등 3등까지 무동을 선 머리 땋은 아이들이, 고깔을 쓰고 장삼 자락을 펼치면서 나비처럼 춤을 추는 것이었다. 터를 닦는 마당까지 올라오더니, 풍물 소리는 잦은 가락으로 볶아치기 시작한다.

조금 있자 풍물 소리를 듣고 성벽*이 난 작은말과 구엉말에서도,

*웅숭깊다 : (생각이나 뜻이) 매우 넓고 깊다.
*성벽 : 성질이나 버릇, 또는 자신이 가진 정욕의 만족감을 쫓는 소질

낮에 두레로 논을
매던 야학의 학부형들이
자비를 차려 가지고 와서는
큰말 두레와 어울렸다.

　그럭저럭 언덕 아래는 머슴 설날이라는 2월 초하루나 추석날 저
녁보다도 더 풍성풍성해졌다. 각처 두레가 다 모여들어 한데 모였

다 흩어졌다 하며, 징, 꽹과리를 깨어져라고 두들겨 대는데, 장구잡이도 신명이 나서 장구채를 이 손 저 손 바꾸어 치며 으쓱으쓱 어깨춤을 춘다.

거북이라는 총각 녀석이 어둠침침한 소나무 밑에 가 쭈그리고 앉아서 청승스러이 꺾어넘기는 날라리(호적) 소리는 밤바람을 타고 바다 건너까지도 들릴 듯 자비꾼들은 수구를 들고 장단을 맞추어 가며, 패랭이 위의 긴 상무를 돌리느라고 보는 사람까지 현기증이 나도록 곤대짓을 한다.

"얼씨구 좋다 어리시구."

나중에는 구경꾼까지도 어깻바람이 나서, 개구리처럼 뛰면서 마른 흙이 뽀얗게 일도록 한바탕 북새를 논다. 그 광경을 바라보고 섰던 동혁은 "야아, 오늘 밤엔 우리도 산 것 같구나!"
하고 부르짖으며 징을 빼앗아 들고, 꽝꽝 치면서 자비꾼 속으로 뛰어들었다. 키장다리 건배도 깃대를 꼬나들고 섰다가, 그 황새 다리로 껑충껑충 춤을 추며 돌아다닌다. 다른 회원들도 어느 틈에 두레꾼 속으로 하나 둘씩 섞여 들어갔다.

애들이 동네일만 한다고 눈살을 찌푸리던 동혁의 아버지 박첨지도, 늙은 축들과 술이 거나하게 취해 가지고 와서는,

"아아니, 내가 옛날버텀 맡아 논 좌상님인데 어떤 놈들이 날 빼놓

구 논단 말이냐."

하고 난쟁이 쉼직하게 키가 작은 석돌 아버지의 수염을 꺼두르며,

"여보게 꽁배, 어서 따라오게."

하면서 군중을 헤치고 들어선다. 그는 석돌 아버지와 술을 먹다가 풍물 소리를 듣고,

"내 자식놈이 둘씩이나 덤벼들어서 짓는 집인데, 아비 된 도리에 안 가 볼 수가 있나?"

하고 기운이 나서 올라온 것이다. 박첨지는 언덕 위에 올라서서 팔을 걷고 곰방대를 내두르며, 목청을 뽑아 달구질 소리를 먹인다.

"산지조종은 백두산이요."

하고 내뽑으면, 달구질꾼들은 그 소리를 받아,

"에에 헤에라, 지경요."

하며 동시에 지경돌을 번쩍 들었다 놓는다.

"수지조종은 한강수라."

"에에 헤에라, 지경요……."

땅을 다지는 동네 사람들은 목이 쉬어 가는 줄도 모르는데, 그 날 저녁 동혁은 젊은 사람과 조금도 다름이 없이 싱싱하고 씩씩한 아버지의 목소리를 생후 처음으로 들었다.

한 달하고도 보름이나 지났다. 그 동안 한곡리 한복판에는 커다

란 새 집 한 채가 우뚝하게 솟았다. 커다랗다고 해야 두 칸 겹집으로 폭이 열 칸쯤 되는 창고 비슷이 엉성한 집이지만, 이 집 한 채를 짓기에 회원들은 7월 염천에 하루도 쉬지 않고 불개미와 같이 일을 하였다.

논에는 '아시'* 두 번 호미질과 '만물'*까지 하였고 인제는 피사리*만 하면 힘드는 일은 거의 끝이 난다. 그 동안에 한 달 반쯤은 농군들이 추수를 할 때까지 숨을 돌리는 농한기다. 그 틈을 이용해서 농우회관을 지은 것이다.

엄부렁하게나마 거의 20평이나 되는 집을 얽어 놓는데, 그 건축비가 불과 몇십 원밖에 들지 않았다면 누구나 놀라지 않을 수 없을 것이다. 그러나 그것이 사실이라, 회원들끼리 거의 3년 동안이나 농사를 지어 모은 것과, 술 담배를 끊는 대신으로 다달이 얼마씩 저금을 한 것과 또는 돼지를 치고 이용 조합에서 남은 것을 저리로 놓은 것을 거둬 모으면, 거의 5백 원이나 된다. 이발부의 수입은 모았다가 동리서 공동으로 쓸 솜틀을 70여 원이나 주고 샀고, 포패 조합을 만들어서 (회원은 다 여자인데, 앞바다 건너 '안섬'

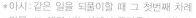
*아시 : 같은 일을 되풀이할 때 그 첫번째 차례
*만물 : 그 해의 벼농사에서 끝막음으로 하는 논매기
*피사리 : 농작물 가운데 섞여 있는 피를 뽑는 일

에다가 2년 작정을 하고 굴을 번식시킨 뒤에, 조합원끼리 따먹고 장에 갖다가 파는 권리를 가지는 것) 불가불 소용이 참되는, 조그만 나룻배를 40원 가량 들여서 지은 것밖에는, 한 푼도 쓰지 않은 채 있었다.

그들 중에서 이 회관을 짓는 데는 50원도 다 들이지를 않았던 것이다. 첫째, 기지가 민유지라 땅값이 아니 들었고, 재목은 단단해서 썩지도 않는 밤나무, 참나무, 아카시아나무 같은 것을 회원들의 집 앞이나 멧갓에서 베어 왔고, 수장목은 오동나무와 미루나무를 썼는데 '영치기 영치기' 하고 회원들끼리 목도질까지 해서 운반을 해 오니 돈이 들 리 없었다.

터를 닦고 주춧돌을 박는 것부터, 자귀질* 톱질이며, 네 올가미를 짜서 일으켜 세우고, 새를 올리고 윗가지를 얽고 토역을 하는 것까지 전부 회원들의 손으로 하였다. 이엉을 엮을 짚도, 농우회에서 연전부터 유념해 두었는데, 여러 사람이 입의 혀같이 봉족*을 들었거니와, 회원 중에 석돌은 원체 지위(목수)의 아들인데다가 눈썰미가 있어서, 수장은 물론 문짝까지 제 손으로 짜서 달았다.

품삯이라고는 한 푼도 아니 들었지만, 다만 화방 밑에 콘크리트를 하는 데 쓰는 양회와, 못이나 문고리며 배목 같은 철물만은 할 수 없이 돈을 주고 사다가 썼다. 그래서 다른 사람의 손을 빌지 않고 거의 두 달 동안이나 열두 사람의 회원들이 땀을 흘린 기념탑이

*자귀질 : 나무를 깎고 다듬는 일
*봉족 : 일을 어끌어 가는 사람 옆에서 도와 줌

우뚝하게 서게 된 것이다.

　그러나 서투른 목수와 토역장이*들이 얽어 놓은 집이라 장마를 치르고 나니까, 지붕이 새고 벽이 허물어져서 곱일을 하느라고, 동혁도 몇 번이나 코피를 쏟았다. 그랬건만 다 지어 놓고 보니, 겉눈에 번듯하게 띄지는 않아도, 거의 2백 명이나 되는 아이들을 수용할 수가 있게 되었고, 엄부렁하게나마 헛간으로 쓸 모채까지 세웠는데, 안으로 들어가 보면, 사무실, 도서실까지 오밀조밀하게 꾸며 놓았다. 도서실에는 기만이가 사서 기부한, 농업 강의록과 농촌 운동에 관한 서책이 오륙십 권이나 되고, 동혁이가 보는 일간 신문과 회원들이 돌려보는 〈서울시보〉, 〈농민순보〉 같은 정기 간행물이며, 각종 잡지까지 대여섯 가지나 구비되어서, 회원들은 조금만 틈이라도 타면 언제든지 모여 와서 새로운 지식을 얻고 세상이 어떻게 돌아가는 형편을 짐작할 수 있도록 차려 놓았다. 그리고 한편으로는 오락부를 새로 두었다.

　"사철 일만 하는 우리의 생활은 너무나 빡빡하고 멋이 없다. 좀더 감정을 윤택하게 하고 모두 함께 즐기는 기회도 지어서, 활기를 돋우려면 적어도 한 가지 통일된 음악이 필요하다."

는 견지에서 건배가 주장을 한 것이다. 그러나 그들의 말을 빌면 콩나물 대가리 하나도 알아보지 못하는 사람들이라, 무슨 관현악대를

*토역장이 : 흙일을 하는 사람

조직하는 것이 아니요, 우리 농촌에 재래로 있던 징, 꽹과리, 장구, 소구, 호적 같은 악기를 장만한 것이다.

　"그런 건 천천히 장만해도 좋지 않은가. 날마다 뚱당거리고 두들기면, 공청*을 지어 놓고 놀려고만 드는 줄로 오해들을 하면 재미적으이……."

하고 동혁이 반대를 하면,

　"원 별소릴 다 하네. 자넨 구데기 무서워서 장도 못 담겠네그려."

하고 건배는 기만이를 구슬려서, 새로운 풍물 한 벌을 사들인 것이다. 그래서 회원들끼리만 자비꾼이 되어서 노는 방식을 개량하고 두레를 노는 것까지도 통제를 하게 되었다.

　"자, 인제 우리 낙성연*을 해야지."

　"추렴이래두 내서 내일 하루만 실컷 놀아 보는 게 어떤가?"

　"암 좋구말구, 이 새 저 새 해두 먹새가 제일이라네."

　"우리가 두 달 동안이나 집의 일을 내버려 두구설랑 그 뙤약볕에서 죽도록 일을 했는데, 하루쯤 논다구 누가 시빌 하겠나."

　"여보게, 우리끼리만 암만 공론을 허면 무슨 소용이 있나? 우리 대장헌테 하루만 술을 트자구 졸라 보세. 건 깡깽이루야 신명이 나야지."

　"애시당초에 그런 말은 비치지두 말게. 일전에 동화가 또 몰래 주막엘 갔다가, 형님한테 단단히 혼이 났다네."

*공청 : 공무를 보는 집
*낙성연 : 공사의 목적물을 완성한 것을 축하하는 잔치

얼굴이 새까맣게 그을다 못해서 오지 그릇처럼 빤들빤들해진 회원들이, 회관 한모퉁이에 모여 앉아서, 새로 사 온 풍물을 뚜드려 보다가 낙성연을 할 음모를 한다.

저녁때였다. 찌는 듯하던 더위가 한 걸음 물러서고, 축동 앞 미루나무에 쓰르라미 소리가 제법 서늘하게 들린다. 회원들은 서퇴*도 할 겸 하나 둘씩 은행나무 아래로 내려가서, 새벽*한 흙이 채 마르지도 않은 집을 쳐다보고 앉았다. 그 집을 바라다보는 그들의 기쁨은 형용할 수 없을 만큼이나 컸다.

"힘만 모으면 무슨 일이든지 되는구나! 땀만 흘리면 그 값이 저렇게 나타나고야 만다!"

그네들은 회관 집 한 채를 짓는 데 단결의 힘이 얼마나 크다는 것과 또는 노력만 하면 그 결과가 작으나 크나 유형하게 나타난다는 것을 비로소 체험한 것이다. 동시에 움집 속에서, 또는 남의 집 머슴 사랑에서 구차히 모이던 때를 생각하니, 실로 무량한 감개가 끓어올랐다.

'저게 내 손으로 지은 집이거니.' 하면 무한한 애착심도 느껴졌다. 그 집을 바라다보고 앉았으려면, 끌구멍을 파다가 손가락을 다쳤거니, 사닥다리에서 떨어져서 허리를 삐고는 동침을 맞느라고 혼이 났거니, 중방*과 도리*를 잘못 끼다가 석돌이 녀석한테 핀잔

*서퇴:더위를 식힘 *새벽:누런 빛깔로 벽에 덧바르는 흙
*중방:톱의 양쪽 끝에 버티어 끼운 막대기
*도리:기둥과 기둥 위에 건너 얹어 그 위에 서까래를 놓는 나무

을 맞았거니…… 이러한 추억만 해도, 여간 정다운 것이 아니다. 더군다나,

"자네 저 기둥감을 비다가 영감님헌테 몽둥이 찜질을 당했지?"

"그건 약괄세. 이걸 좀 보게 그려. 여태 이 지경이니."

하고 회원들 중에 제일 다부지고 땅달보로 유명한 정득이, 헝겊으로 칭칭 감은 발을 끌러 보인다. 그것은 저의 집 산 울 안에 선 참죽나무를 밤중에 몰래 베다가, 저의 아버지가 '도둑야' 소리를 지르며 시퍼런 낫을 들고 쫓아나오는 바람에, 어찌나 급해 맞았던지 담을 뛰어넘다가 탱자나무 가지에 발을 찔렸었다. 누렇게 곪긴 것을 그대로 끌고 다니며 일을 해서 그저 아물지를 못한 것이다. 사실 그네들이 부모나 동네 어른들의 반대 속에서, 초가집 한 채를 짓기는 대궐 역사만큼이나 거창하고 어려운 일이었다.

"쉬이, 대장 올라오신다."

하고 정득이 구렁이 지나가는 소리를 낸다. 동혁은 건배와 기만의 가운데에 서서 올라온다. 기만은 여전히 건살포*를 짚었는데, 오늘은 헬멧(박통같은 모자)을 썼다.

"거기들 모여 앉아서 자네들 역적 모의를 하나?"

건배도 넓적한 얼굴이, 눈의 흰자위와 이빨만 남기고는 흑인종의 사촌은 될 만큼이나 그을었다.

*건살포 : 일은 하지 않으면서 건성으로 들고 다니는 삽

"아닌게아니라, 우리끼리 무슨 비밀한 공론을 했는데요……."

하고 석돌이 세 사람의 눈치를 번갈아 본다.

"무슨 공론?"

동혁은 농립*을 벗어 던지며 은행나무 뿌리에 가 걸터앉는다. 응달에서만 지낸 기만의 얼굴과 비교해 볼 때, 동혁의 얼굴도 더 한층 그을은 것 같다. 손바닥이 부르터서 밤콩만큼씩한 못이 박혔고, 손톱은 뭉툭하게 닳았다.

"저어……."

하고는 석돌이 뒤통수만 긁적거리니까,

"왜 목들이 컬컬한 게지."

동혁의 말이 떨어지기가 무섭게,

"그렇잖아두……."

하고 이번에는 칠용이 응원을 한다. 건배는 기만의 눈치를 보면서,

"아닌게 아니라, 이 기만 씨가 낙성연을 한번 굉장히 차리고 놀자는데……."

하는 말이 끝나기 전에 동혁은 손을 들어 건배의 입을 막는다.

"안 되네, 낸들 벽창호가 아닌 담에야 그만 생각이 없겠나? 하지만 말썽이 많은 판에 만동네가 부산하게 떠들고 놀면, 되려 오해를 받기가 쉬우이. 지금도 면장이 나와서 나를 보자고 한 대서, 큰말로

*농립 : 농사꾼이 여름에 쓰는 밀집모자

갔다오는 길일세."

하고 반대를 하였다.

"왜 무슨 말썽이 생겼수?"

나중에 올라온 동화가 눈을 둥그렇게 뜨며 묻는다.

"차차 알지."

동혁은 자리가 거북한 듯이 대답하기를 꺼린다.

"우리 회에 상관이 되는 일이면 회원들도 다 알아야 할 게 아니유? 면장이 우리 일에 무슨 참견이라우?"

"글쎄, 됐다 알아."

동혁은 기만의 등 뒤에다 눈짓을 해 보인다. 청년들의 일이라면 한사코 반대를 하는 기만의 형인 기천이, 면장이 나온 김에 무어라고 음해를 한 것이거니 하고 동화와 다른 회원도 짐작은 하는 눈치다. 그러나 기만은 형과 달라 이 편을 들고, 농우회의 일이라면 금전으로까지 후원을 많이 해 오는 터이지만, 아우가 듣는 데 형의 욕은 할 수가 없었다. 또는 경우에 따라서는 초록은 동색이라고 저의 집에 이해 관계가 되는 일이면 형에게 무어라고 연통을 할는지도 몰라서, 항상 경계를 하고 있는 터이다.

동혁은 기천의 집에 다녀오는 길에 건배와 기만을 만나서 같이 오기는 했어도 그들에게 그 내용을 말하지 않았다. 건배는 탕탕 대

포를 잘 놓는 대신에 말이 헤퍼서 비밀을 지킬 만한 일은 들려 주기를 삼가지 않을 수 없었다. 회원들은 '무슨 일이 단단히 생겼나 보다.' 하고 불안을 느끼면서도 더 재우쳐 묻지를 않고, 낙성하는 날 술 한 잔도 못 먹게 하는 동혁이 원망스러운 듯이 쳐다보다가 애매한 북과 장구만 두드린다. 기만도 그 눈치를 챘건만, 이런 경우에 아무 말도 아니 하는 것은 도리어 여러 사람에게 오해를 살 듯도 해서,

"그런데 '센세이(선생)'가 또 뭐래?"

하고 들떼 놓고 묻는다. 그래도 동혁은,

"그까짓 건 알아 뭘 하오. 우린 우리가 할 일이나 눈 딱 감고 하면 그만이니까……."

하고 역시 자세한 말대답하기를 피한다. 기만이는 자리가 거북하니까 꽁무니에다가 손을 찌르고, 간다는 말도 없이 슬금슬금 언덕 아래로 내려간다. 제가 하는 일을 반대하고 양반을 못 알아보는 발칙한 놈들과 얼려다니고 돈을 쓰고 한다고, 눈에 띄기만 하면 얼굴에 핏대를 올리며 야단을 치는 저의 형이, 면소나 주재소까지 가서 무어라고 쏘새기질을 하고 온 것만은 묻지 않아도 짐작할 수가 있었던 것이다. 아무튼 농우 회관을 짓게 된 뒤부터 가뜩이나 시기심이 많은 기천이, 두 눈에 쌍심지가 돋아서 그 태도가 부쩍 악화된 것만

은 사실이었다.

동혁이 입을 꽉 다물어 버리니까,
다른 회원들도 어떠한 예감을 느끼면
서도 말이 없다. 건배는 무슨 일인지,
"거기 좀 다녀옴세."
하고는 기만의 뒤를 따라서 내려갔다.
조그만 일에도 궁금증이 나면 안절
부절을 못하는 성미라, 동혁이 말을
하지 않으니까, 혹시 기만에게
들은 이야기나 있나 하고 그 속을
떠 보려고 따라가는 눈치였다.

동혁은 한참이나 꿈쩍도 하지 않고 앉아서,
창호지로 새로 바른 들창이 석양에 눈이 부시도록
반사하는 회관을 쳐다보면서, 무슨 생각을 골똘히 하다가
회원들을 돌아다보며,
"우리 낙성식도 못 해서 피차에 섭섭한데, 그 대신 뭐 기념될 일
하나 해 볼까?"
하고 벌떡 일어선다.
"무슨 일요?"

하고 회원들의 얼굴에는 '간신히 오늘 하루나 쉬려는데, 또 무슨 일을 하자누.' 하는 표정을 역력히 읽을 수 있다.

"그저 괭이하고 삽하고만 들고서 나만 따라들 오게나."

하고 동혁은 회관으로 올라가서 지붕을 이을 때에 쓰던 사닥다리를 둘러메더니, 산등성이를 넘는다. 회원들은 멋도 모르고 동혁의 뒤를 따랐다.

날이 어둑어둑해지고, 매미, 쓰르라미 소리도 점점 엷어질 무렵에는, 회관 앞 마당이 턱 어울리도록 두 길 세 길이나 되는 나무가 섰다. 전나무, 향나무, 사철나무 같은 겨울 가도 잎사귀가 떨어지지 않는 교목만 골라서 '봄이나 가을에 심어야 잘 산다'고 고집을 하는 회원들의 반대를 무릅쓰고, 파다가 옮겨 심은 것이다.

그것은 동혁이 근처를 돌아다니며 미리 보아 두었다가, 나무 주인에게 파다 심을 교섭까지 해 두었던 싱싱한 나무들이었다. 새로운 회관에 들게 되는 날 아침에, 동혁이 부는 나팔 소리는 더 한층 새되고 씩씩하였다. 조기 회원들이 '엇둘! 엇둘!'하고 체조를 하는 소리도, 애향가의 합창도 전날보다 곱절이나 우렁찬 것 같았다.

새 집을 구경도 할 겸, 새로 닦아 놓은 운동장에서 체조를 하는 바람에, 그 동안 게으름을 부리던 조기 회원들도 전부 다 오고, 타동에서 온 구경꾼도 오륙십 명이나 되어서 운동장이 빽빽하게 찼다.

오늘은 영신이 조직해 주고 간 부인 근로회의 회원들도 10여 명이나 건배의 아내를 따라서 참례를 하였다. 아무에게도 낙성식을 한다고 광고를 한 것도 아니요, 건배는 무슨 일이든지 크게 버르집고 뒤떠들려고만 든다고, 동혁과 의견 충돌까지 되었지만, 오늘 아침만은 누구나 은연중에 농우 회관에 낙성식을 거행하는 기분으로 모인 것이다.

그래서 여러 사람은 평소와 같이, 조기회가 끝난 뒤에도 헤어지기가 섭섭한 듯이, 어정버정하며 동혁을 바라본다. 그 눈치를 챈 건배는,

"여보게, 회원도 더 모집해야 할 텐데, 여러 사람이 모인 김에 연설 한마디 하게그려."

하고 동혁의 옆구리를 찌른다.

"그건 선전 부장이 할 일이지 왜 나더러 하라나?"

하고 동혁이 사양하니까, 건배는 그 말을 못 들은 체하고 회관 정문 앞으로 나서더니,

"여러분, 잠깐만 기다려 주시오. 지금 이 회관을 짓자고 맨 먼저 발설을 했고, 우리들을 헌신적으로 지도해 주는 박동혁 군이 여러분께 한 말씀 드리겠습니다."

하고 공포를 하고 나서는, '인제 말을 하든지 말든지 나는 모른다.'는 듯이 슬그머니 자리를 비켜선다. 운동장에서는 박수 소리가 일어났다. 동혁은 잠시 머뭇거리다가, '너 어디 두고 보자'는 듯이, 건배의 뒤통수를 흘겨보고는 회원들의 앞으로 나섰다. 엄숙한 태도로 여러 사람의 긴장된 얼굴을 둘러보다가,

"준비 없는 말씀을 드리게 됐습니다."

하고 한마디 하고 나서, 등 뒤의 회관을 가리키며

"이만한 집 한 채를 얽어 놓은 것이 결코 자랑할 거리는 되지 못합니다. 그렇지만 이 집을 지으려고 여러 해를 두고 별러 오다가, 오늘에야 낙성을 하게 된 것을 여러분도 함께 기뻐해 주십시오. 다만 한 가지 자랑하고 싶은 것은, 이 집은 연재 가락 하나, 짚 한 단까지도 회원들이 가져온 것이요, 목수나 미장이* 한 사람도 대지 않고 우리가 이 염천에 웃통을 벗어붙이고 불개미처럼, 참 정말 불개미처럼 두 달 동안이나 일을 했기 때문에 오늘날 이만한 집 한 채나마 우리 한곡리 한복판에 서게 된 것입니다. 그렇지만 이 집은 우리 농우 회원 열두 사람의 집이 아니요, 여러분이 유익하게 이용하시기 위해서 지어 놓은 집입니다. 그러니까 우리 한곡리의 공청, 즉 공회당으로 써 주시기 바랍니다."

하고 잠깐 눈을 내려감았다가, 얼굴을 들고 목소리를 높여,

"여러분! 여러분은 이 말 한 마디만 머릿속에 깊이깊이 새겨 두십시오. '여러 사람이 한맘 한뜻으로, 그 힘을 한 곳에 모으기만 하면, 어떠한 일이든지 이루어질 수가 있다'는 것을……. 우리는 여름

*미장이 : 건축 공사에서, 흙을 바르는 따위의 일을 하는 사람

내 땀을 흘린 그 값으로 이 신념 하나를 얻었습니다. 처음으로 귀중한 체험을 했습니다. 그와 동시에 '우리보다 더 많은 사람이 똑같은 목적으로 모여서 꾸준히 힘을 써 나간다면, 이보다 더 어려운 일도 성공할 수가 있다!'는 것을 이번 기회에 여러분과 함께 믿고자 하는 바입니다."

하고 부르짖고는, 숨을 돌린 뒤에 목소리를 떨어뜨려,

"우리는 일을 크게 버르집고, 겉으로만 떠들기를 싫어합니다. 그래서 낙성식 같은 것도 하지 않습니다마는 그 대신 우리는 우리 동리 여러분께 좋은 음악을 들려 드렸다고 생각합니다. 집터를 닦는 달구질 소리, 마차질, 자귀질 하는 소리가 온 동리에 울리지 않았습니까? 저 소대갈산까지 쩌렁쩌렁 울리지 않았습니까? 그 소리가 무엇보다 훌륭한 음악입니다. 그것은 우리의 것을 무너버리고 깨뜨려 버리는 파괴의 소리가 아니라, 새로 짓고 일으켜 세우는 건설의 소리이기 때문입니다. 우리는 그 소리가 어찌나 반갑고 기쁜지, 조금도 괴로운 줄을 모르고 일을 했습니다."

동혁은 그 말에 매우 감격해하는 여러 사람의 얼굴을 둘러보다가

"여러분! 이 집이 터지도록 우리의 장래의 일꾼들을 보내 주시오! 아침 저녁으로 글 배우는 소리가 그칠 때가 없도록 해 주십시오! 이 집이 꽉 차면 우리는 이 집보다 더 큰 집, 또 그보다도 더 굉장히 큰

집을 짓겠습니다.”

그 말에 회원들은 손바닥이 뜨겁도록 박수를 한다. 그 때에 건배는, 여러 사람의 앞으로 썩 나서면서,

“한곡리 만세!”

하고 두 팔을 번쩍 쳐든다.

“만세!”

여러 사람이 고함 지르듯 하는 만세 소리에, 새로 심은 사철나무에 앉았던 참새들이 깜짝 놀라 푸르르 날아갔다. 하루는 동혁이 회관에서 주학을 마치고 나오는데(새 집으로 옮겨 온 후 아이들이 부쩍 늘어서 주학까지 하게 되었다) 석돌이 문 밖에 기다리고 섰다가,

“저 강도사 댁 작은사랑 나으리가, 저녁때 잠깐 만나자고 하시는데요.”

한다.

“왜?”

동혁은 불쾌히 대답을 하였다.

석돌은 눈썰미가 있고 영리한 대신에, 얕은 꾀가 많아서 항상 경계를 하는 회원이다. 더구나 강도사 집 전답에 수다 식구가 목을 매어단 사람이어서 이 집에 심부름을 다니는 것은 물론, 박쥐 구실이나 하지 않는지가 의문이었다. 강도사 집 살림살이의 실권을 쥔 맏

아들인 기천이, 죽으라면 죽는 시늉이라도 해야 할 처지에 있는 까닭에, 더욱 조심스러웠다.

"글쎄 왜 또 오라는 거야?"

동혁은 거듭 물었다.

"알 수 있어요? 조용히 꼭 좀 만나자고 일러 달라고 하시니까요."

"누가 왔던가?"

"아니오. 혼자 계시던걸요."

"음, 알았어."

동혁은 확실한 대답을 아니 하고 집으로 내려갔다. 기천은 면협의원이요, 금융 조합 감사요, 또 얼마 전에는 학교 비평의원이 된 관계로 면장이 나와서 한곡리도 진흥회라는 것을 만들어서, 그 회장이 되도록 운동을 해 보라고 권고를 하고 갔었다. 기천은 명예스러운 직함 하나를 더 얻게 된 것은 기쁘나, 군청이나 면소에서 시키는 대로 무슨 일이든지 하는 체해야만 저의 면목이 서겠는데, 제가 수족같이 부릴 만한 청년들은 말끔 동혁의 감화를 받고, 그의 지도 밑에서 한몸뚱이와 같이 움직이고 있으니, 저는 개밥에 도토리* 모양으로 따로 빼져났다.

저의 집의 논을 하고 돈을 쓴 낫살 먹은 작인들 같으면, 마구 내려누르고 우격다짐을 해도, 그저 '잡아 잡수' 하고 꿈쩍도 못 하지

*개밥에 도토리 : 여럿에 어울리지 못하고 따돌림을 받아 혼자 있는 사람을 말함

만, 나이 젊고 혈기 있는 그 자질들은 까실까실해서 당최 말을 들어 먹지 않는다. 워낙 기천이가 대를 물려 가면서 고리대금과 장릿벼로, 동리 백성의 고혈을 빨아서 치부를 하였고 주독으로 간이 부어서 누운 강도사는, 지금도 제 버릇을 놓지 못한다. 당장 망나니의 칼에 목이 베지려고 업혀 가는 도둑놈이, 포도 군사의 은동곳*을 이빨로 뽑더라는 격으로, 여전히 크게는 못 해도 방물장수나 어리장수에게 몇 원씩 내 주고 오 푼 변으로 갚아 모아서는 기직자리 밑에다가 깔고 눕는 것이 마지막 남은 취미다. 몇 해 전까지도 아들만 못지않게 호색을 해서 주막의 갈보, 행랑 계집 할 것 없이 잔돈푼으로 낚아들여서는, 대낮에 사랑 덧문을 닫기가 일쑤더니, 운신을 못할 병이 든 뒤에야 그 버릇만은 놓을 수밖에 없이 되었다.

저 혼자 사람의 뼈다귀인 것처럼 양반 자세가 대단해서 적실인심을 한 터이라, 새로운 시대에 눈을 뜨기 시작한 청년들은 기천만 눈에 띄면 무슨 누린내가 나는 짐승처럼 얼굴을 돌리고 슬금슬금 피한다. 그 중에도 성미가 부푼 동화는,

"조놈의 발딱 젖히고 다니는 대가리는, 여부없이 약오른 독사뱀 같더라."

하고 먼발치로 눈에 띄기만 해도 외면을 해 버린다. 그 아우는 '노새'라고 놀리기는 하면서도,

*은동곳 : 은으로 만든 상투가 풀어지지 않게 꽂는 물건

"그래도 기만이는 강가의 중시조지."

하고 간신히 사람 대우를 하지만…….

"또 무슨 얌치 빠진 소릴 하려누."

하고 동혁은 집으로 돌아와서도 기천을 보러 갈 마음이 내키지 않았다. 동화가 자꾸만 묻고 건배까지,

"왜 혼자만 꿍꿍이셈을 치나?"

하고 궁금히 여기는 일은 다른 것이 아니다. 면장이 왔던 날 기천은 술상을 차려 놓고 동혁이를 청하였다. 그 날은 면장 앞이라 그런지, 평소처럼 점잔을 빼고 사람을 깔보는 태도를 보이지 않으려고 애를 쓰면서,

"이 박 군이야말로 참 대표적으로 건실한 우리 동지입니다. 이번 그 회관 집만 하더래도 이 사람이 혼자 지은 거나 다름없으니까요."

하고 새삼스러이 동혁을 소개하였다. 소개가 아니라, 이러한 모범 청년이 제 수하에서 일을 한다는 태도다. 동혁은 '동지'라는 말을 기만의 입에서 들을 때보다도 더 구역이 나서, 입에도 대지 않은 술잔을 폭삭 엎어 놓았었다. 그래도 기천이 연방 동지를 찾으면서 하는 말을 종합해 보면,

"면장께서 바쁘신데도 일부러 나오신 건 다름 아니라 우리 동네도 진흥회를 실시해야 되겠는데, 내야 어디 그런 일을 아는 사람인가?

허니 자네들이 힘을 좀 빌려 줘야겠네. 자네야 중요한 역원이 돼 줄 줄 믿지만 다른 젊은 사람들도 다 함께 회원이 돼서 일을 해 보도록 하세."

하고 애가 말라서 간청을 하는 것이었다. 동혁은 생각해 볼 여지도 없이,

"난 할 수 없어요. 우리 농우회 일만 해도 힘에 벅찬데 한 몸으로 두 가지 일은 도저히 할 수 없외다."

하고 딱 잡아떼고 일어섰다.

동혁이가 이번에는 버티고 가지를 않으니까, 기천은 호출장처럼 명함을 들려 집으로까지 머슴을 보냈다.

"작은사랑 나으리께서 꼭 좀 건너오래유. 안 오면 이리로 오시겠다고 그러세유."

하고 머슴애는 어서 일어서기를 재촉한다. 기천이는 면협의원이 되던 날 아침에, 행랑 사람과 머슴들을 불러 세우고,

"오늘부터는 서방님이라고 부르지 말고 나으리라고 불러라."

하고 일장의 훈시를 하였던 것이다.

동혁은 중문간 문지방에 걸터 앉아서 입맛을 다시다가,

"저녁을 먹고 건너간다고, 가서 그러게."

해서 머슴을 보냈다. 가고 싶은 생각은 손톱끝만큼도 없지만, 집으

로까지 찾아온다는 것이 싫어서 가마고 한 것이다.

저녁 뒤에 그는 말대답할 것을 생각하면서 큰말로 발길을 옮겼
다. 대문간에 들어서는데 작은사랑 툇마루에서

"아 그래, 제깐 녀석이 명색이 뭐길래, 내가 부른다는데 냉큼 오
지 못한다더냐?"

하고 그 되바라진 목소리로 머슴애를 꾸짖는 목소리가 똑똑히 들렸
다. 동혁은 '나 여기 대령했소' 하는 듯이 바로 지척에서 으흠으흠
하고 기침을 하고,

"저녁 잡수셨어요?"

하며 들어섰다. 기천은 도둑질이나 하다가 들킨 것처럼 옴씰해서, 반사 운동으로 발딱 일어서기까지 하며,

"아, 자네 오나?"

하고 반색을 한다. 그 푼푼치 못하게 생긴 얼굴을, 횟배를 앓은 사람처럼 잔뜩 찌푸리고 있다가, 뜻밖에 동혁과 마주치는 순간, 금시 반가운 낯으로 표변하는 표정, 근육의 민첩한 움직임은 여간한 배우로는 흉내를 못 낼 것 같다.

"아, 이 사람아, 난 여태 저녁도 안 먹고 기다렸네."

하는 것도 허물 없는 친구들 대하는 태도다.

"그럼 시장하시겠군요."

하고 동혁은 할 말이 있으면 어서 하라는 듯이, 툇마루 끝에 가 걸터 앉았다. 방으로 들어가자는 것을,

"회관을 지은 뒤에 처음 총회가 있어서, 곧 가봐야겠어요."

하고 한사코 들어가지를 않았다. 방으로 들어만 가면 의례건으로 술상이 나오고 술을 억지로 권할 것을 알기 때문이다.

"그럼, 예서라도 한잔 해야겠네. 술을 입에도 안 댄다니 파계를 시키군 싶지만, 워낙 자넨 고집이 센 사람이 돼 놔서……."

하고 준비해 놓았던 술상을 내왔다. 술이란 저의 집에서 사철 떨어

뜨리지 않고 밀조를 해 먹는, 보기만 해도 고리타분한 막걸리 웃국이요, 안주라고는 언제 보아도 낙지 대가리 말린 것에, 마늘장아찌뿐이다. 칠팔 년이나 면서기를 다니는 동안에, 연회석 같은 데서는 남이 태우다가 꺼 버린 궐련 꼬투리를 주워 피우면서도 '단풍' 한갑 아니 사 먹던 위인으로는 근래에 교제가 부쩍 늘어서 면이나 주재소에서 양복쟁이가 나오면, 으레 술까지 내는 것이다.

"하아 이거, 내가 사람을 앉혀 놓고서 인호상이* 자작*을 하니, 어디 맛이 있나."

하고 고문 진보 뒷다리나 읽어 본 티를 내지 못해서 애를 쓴다. 그러나 숙습이 난당*이라고 써야 할 자리에 '수습이 난방이로군' 하는 따위가 예사여서, 정말 글방에서 종아리깨나 맞아 본 사람의 코웃음을 받는 때가 많다. 기천은 말을 꺼내기가 어려워서 술기운을 빌려는 것이다. 사실 동혁의 앞에서는 무슨 말이고 함부로 꺼내기가 어려웠다. 농우회에도 다른 회원들 같으며, 그 반수가 저의 논의 소작인이니까, 여차즉 하면 '논 내놔라' 한 마디만 비치면은 설설 기는 터이니 문제가 되지를 않고, 건배만 하더라도, 키 크고 싱겁지 않은 사람 없다고 원체 허풍선이가 돼서, 술 몇 잔에 속을 뽑히는

*인호상이 : 사람마다 좋아하는 것이 서로 다름
*숙습이 난당 : 무엇엔가 익숙한 사람을 당해내기 어려움 *자작 : 술을 손수 따라 먹음

데, 농터는 한 마지기도 없이 엉터리로 사는 사람이니까, 돈을 미끼로 물려서 낚아 볼 자신도 있다. 그러나 유독 동혁이만은 그야말로 눈엣가시다. 천생으로 사람이 묵중해서 당최 뱃속을 들여다볼 수가 없는데, 근처에 없는 고등 교육까지 받아서, 마주 앉으면 제가 도리어 인금*에 눌리는 것 같다.

기천은 다리를 도사리고 앉아서, 고무신의 때가 고약처럼 묻은 버선 바닥을 쓰다듬던 손으로, 술잔을 들고 쪼옥 들이켜고는, 족제비 털 같은 노랑 수염을 배비작거려서 꼬아올리더니,

"좀 하기 어려운 말일세만……."

하고 반쯤 외면을 한, 동혁의 눈치를 곁눈으로 훑어본다.

"말씀하시지요."

동혁은 '또 무슨 말을 꺼내려고, 이렇게 뜸을 들이나' 하면서도 들으나마나 하다는 듯이 어둑어둑해 가는 땅바닥만 들여다보고 앉았다. 기천은 실눈을 뜨고 손톱 여물을 썰더니,

"자네 그 회관 짓기에 얼마나 들었나?"

하고 다가앉는다.

"돈이요? 돈이야 얼마 안 들었지요."

기천은 다리를 도사리고 고쳐 앉으며 용기를 내어,

"이런 말을 자네가 어떻게 들을는지 모르겠네만, 진흥회가 생기

*인금 : 사람의 인격이나 됨됨이

면 회관이 시급히 소용이 되겠는데, 당장 지을 수는 없고……. 거기가 동네 한복판이 돼서 자리가 좋아. 그러니 여보게 거 어떻게 재목 값이든지 품삯꺼정 넉넉히 따져서, 내게로 넘길 수가 없겠나? 자네들은 한번 지어 봐서 수단이 났으니까 딴 데다가 다시 지면 고만일 테니……. 자네 의향이 어떤가?"

하고 얼굴을 반짝 쳐든다. 너무나 얌치빠진 소리에, 동혁은 어이가 없어서 '얼굴 가죽이 간지럽지 않느냐'는 듯이 기천을 빤히 쳐다보다가

"왜 돈 만 원이나 내노실 텝니까?"

하고 껄껄껄 웃었다. 기천은,

"아아니, 이 사람 웃음엣말이 아닐세."

하고 금시 정색을 한다.

"글쎄 웃음엣말씀이 아니니까, 웃을 수밖에 없군요."

동혁은 별이 반짝이기 시작한 하늘을 우러러 다시 한번 허청 웃음을 웃었다.

"허어 이 사람 그래도 웃네 그려. 그 집을 이문을 붙여서 팔라는데, 실없이 웃을 게 뭐 있나?"

기천은 동혁이 저를 놀리는 것 같아서 눈살을 찌푸린다.

"글쎄 생각을 좀 해 보세요. 그 집은 돈 아니라, 금덩이를 가지고도 팔거나 사지를 못합니다. 돈만 가지면 무슨 일이든지 맘대로 될

줄 아시는 모양이지만, 억만 원을 주고도 남의 정신만은 사지를 못할걸요. 그 회관을 팔려면 단돈 백 원어치도 못 될는지 모르지만, 우리 열두 사람이 흘린 땀으로 터를 닦았구요, 붉은 정신으로 쌓아 논 기념탑이니까요. 우리 손으로 부숴 버린다면 모르지만, 다른 사람은 아무도 그 집엔 손가락 하나 대지를 못합니다!"

"아아니, 글쎄 그런 줄 모르는 건 아니지만, 혹시나 하고 한 말일세."

"혹시나라뇨? 한 단체가 공동으로 합력을 해서 지어 논 집을, 나 한 개인이 팔아 먹을 생각을 혹시나 하고 있을 것 같아서 그런 가당치 않은 말씀을 꺼내셨나요?"

이 한 마디에 기천은 그 빳빳하던 모가지가 자라목처럼 옴츠러들지 않을 수 없었다.

"……."

기천은 두 눈만 깜짝깜짝하고 담배를 붙여 물었다 비벼껐다 하며 속으로 안간힘만 쓰고 앉았다.

'돈으로도 굴레를 씌울 수 없는 이 젊은 녀석을 어떡하면 꼼짝 못하게 옭아 넣을까?'
하고 벼르고 있는 것이다. 🈁

(뒷부분 생략)

작품해설 : 상록수

러시아의 ‘브 나로드(V narod) 운동’ 에 영향을 받아 전개된
농촌 계몽 운동과 이광수의 〈흙〉에 영향을 받은 작품이다.
‘브 나르도’ 란 ‘민중 속으로’ 라는 뜻이며 ‘브 나르도 운동’ 이
란 1870년 러시아에서 일반인과 학생 등이 농민을 주체로
한 사회 개혁을 이루고자 일으킨 계몽 선전 운동을 말하며
1930년대의 우리 나라에서도 이 운동을 일으켰다.
농촌 계몽에 투신하는 젊은 남녀 박동혁과 채영신의 헌신적
노력과 역경 극복, 그리고 고귀한 사랑을 내용으로 하고 있다.
이 작품은 농촌 계몽 운동에 근접한 작품이라고 할 수 있다.
무엇이든 행동으로 보여 주는 주인공이 지식이나 관념보다
현실을 이해하고 농민 자신의 삶과 합치되는 문제를
해결하려고 혼신의 노력을 기울이는 데에 중점을 두고 있다.
그렇게 본다면 이 작품은 1930년대 농촌 계몽 운동과
농민 문학의 통합된 결실이라고 할 수 있다.
이 작품은 감성적인 표현이 돋보이는 작품이다.
예를 들면 달빛 어린 바닷가에서 사랑을 약속하는 장면,
주재소의 방해로 뽕나무 위에 기어 올라 예배당 안을 보며
글을 배우는 장면, 학원 낙성식에서 졸도하는 영신,
그리고 간호하는 아이들과 동네 사람들의 정성 등에서
그러한 요소들을 엿볼 수 있다.